HÉSIODE ÉDITIONS

JACQUES BOULENGER

L'Histoire de Merlin l'enchanteur

Hésiode éditions

© Hésiode éditions.

1 rue Honoré - 93500 Pantin.
ISBN 978-2-493135-91-9
Dépôt légal : Octobre 2022

Impression Books on Demand GmbH

In de Tarpen 42
22848 Norderstedt, Allemagne

L'Histoire de Merlin l'enchanteur

I

Très grande fut la colère de l'Ennemi quand Jésus Notre Sire fut venu en enfer et en eut fait sortir Ève et Adam, et tous ceux qu'il lui plut.

– Quel est Celui-ci, qui nous surpasse tant que notre force ne peut rien contre lui ? se demandaient les démons, étonnés.

– Rappelez-vous, dit l'un d'eux, que les prophètes avaient annoncé depuis longtemps que le Fils de Dieu descendrait sur la terre pour sauver les enfants d'Ève et d'Adam. Et maintenant Il est venu et nous a arraché ce que nous avions conquis. Désormais il suffit que les hommes se lavent en une eau au nom du Père, du Fils et du Saint-Esprit pour que nous n'ayons plus aucun droit sur eux, à moins que leurs œuvres ne nous les ramènent. Encore le Fils de Dieu a-t-il laissé des ministres qui ont pouvoir de les sauver de nous, quels que soient leurs péchés, pourvu qu'ils s'en repentent. De la sorte, nous avons tout perdu.

Alors un des Ennemis reprit :

– S'il y avait sur la terre un homme qui fût dévoué à nos intérêts autant que s'il était des nôtres, et qui fût doué de notre science des choses faites, dites et passées, il nous aiderait beaucoup à tromper les fils d'Ève et d'Adam, car il gagnerait sur eux une grande autorité. Or, n'est-il pas l'un de nous qui peut prendre semblance d'homme et féconder une femme ? Qu'il le fasse, et l'être engendré de lui, participant de notre nature, nous secondera puissamment.

Ainsi parlait l'Ennemi. Mais il était bien fol quand il croyait que Notre Sire lui permettrait d'engeigner à ce point l'homme de Jésus-Christ.

II

Or, dit le conte, il était en ce monde une pucelle qui n'avait plus ni père ni mère ; mais elle avait un confesseur et elle croyait tous les conseils que lui donnait ce prud'homme : aussi allait-elle dans la droite voie. C'est elle pourtant que l'Ennemi choisit.

Il lui envoya une vieille femme qui obéissait toujours à ses ordres.

– Qu'il est triste de penser que votre beau corps engendré n'aura jamais de joie ! dit-elle à la pucelle. Ah ! si vous saviez le plaisir que nous avons quand nous sommes en compagnie de nos amis ! N'eussions-nous que du pain à manger, nous serions plus aises que vous avec tout l'or du monde. Elle est à plaindre, la femme qui n'a commerce d'homme !

Quand la nuit fut venue et qu'elle fut se coucher, la pucelle regarda son beau corps et elle pensa que la vieille avait peut-être raison. Mais le lendemain elle conta tout au prud'homme, qui lui montra que l'Ennemi était autour d'elle. « Garde-toi surtout de te mettre en colère et de te désespérer, lui dit-il ; fais le signe de la croix en te levant et en te couchant, et prends garde d'avoir toujours de la lumière, la nuit, dans la chambre où tu dors, car le diable ne vient pas volontiers où il y a de la clarté. » Et quand l'Ennemi sut les avis que le prud'homme donnait à la pucelle, il eut grand'peur de la perdre et il songea comment il pourrait la gagner.

Elle avait une sœur cadette qui vivait mal et qui s'abandonnait à tous les hommes. Un samedi soir, la pucelle vit entrer cette fille dans son logis avec une troupe de garçons : elle se mit en colère et la voulut jeter à la porte, mais la cadette lui répondit qu'on voyait bien que son prud'homme l'aimait de fol amour, et qu'au reste la maison était à la plus jeune autant qu'à l'aînée, et qu'elle n'en sortirait pas. Ce qu'entendant, la pucelle prit sa sœur par les épaules pour la pousser dehors, mais les garçons la battirent cruellement. Quand elle put leur échapper, elle se réfugia dans sa chambre et se mit à pleurer de tout son cœur dans l'obscurité. Alors l'Ennemi lui remémora la mort de son père et de sa mère, si bien qu'elle désespéra tout à fait, et finit par s'endormir de chagrin sur son lit, sans lumière. Le diable vit ainsi qu'elle avait oublié tous les avis du prud'homme, et il fut bien content. Il revêtit sa forme humaine, et, tandis qu'elle sommeillait, il s'approcha d'elle et il la posséda charnellement.

Lorsqu'elle se réveilla, elle connut bien ce qui lui était arrivé et elle se signa en disant : « Sainte Marie Notre Dame, que m'est-il advenu ! » Puis elle se leva et chercha qui lui avait fait ce qu'elle pensait, mais elle ne vit personne, et elle trouva sa porte fermée comme elle l'avait fermée : ainsi sut-elle que le diable l'avait engeignée.

Alors elle alla conter au prud'homme comment elle s'était trouvée honnie. Il ne la voulut tout d'abord point croire, disant que c'était merveille et que jamais femme ne fut dépucelée sans savoir par qui. Mais, frappé par ses protestations, il lui prescrivit pour pénitence de ne manger jusqu'à sa mort qu'une seule fois le vendredi et de s'abstenir à toujours de luxure, hors celle qui vient en dormant, dont nul ne se peut garder. Et elle le lui promit. Si bien que le diable comprit qu'il l'avait perdue et il en fut très courroucé.

III

Cependant, le temps vint où sa grossesse ne se put plus cacher. Et les autres femmes, en regardant ses flancs, lui demandaient qui l'avait ainsi engrossée.

– Que Dieu me refuse une heureuse délivrance, si je le sais !

– Avez-vous donc connu tant d'hommes ?

– Que Dieu ne m'accorde jamais d'être délivrée, si un homme, à ma connaissance, m'a approchée !

– Belle amie, disaient les femmes en se signant, sans doute vous aimez mieux que vous-même celui qui vous a fait cela, puisque vous ne le voulez accuser. Mais c'est grand dommage pour vous, car, lorsque les juges le sauront, il vous faudra mourir.

En ce temps-là, en effet, quand une femme était convaincue de débauche, si elle ne consentait à devenir fille commune, on en faisait justice. Aussi fut-elle bientôt appelée devant les juges. Mais, comme ils pensèrent que l'enfant n'avait commis nulle faute et qu'il ne devait pas être puni pour le péché de la mère, ils résolurent qu'elle ne serait pas jugée avant qu'il fût né.

Ils l'enfermèrent dans une forte tour en compagnie de deux femmes, les plus sages qu'on put trouver, pour l'aider le moment venu, et toutes les ouvertures furent murées, sauf une petite fenêtre au sommet, par où elles tiraient au moyen d'une corde ce dont il était besoin. Et c'est là que la demoiselle eut son enfant quand il plut à Dieu.

En le recevant les commères eurent grand'peur parce qu'il était plus velu que jamais nouveau-né n'a été. Et lorsqu'elle le vit ainsi la mère se signa et leur commanda de le descendre sur-le-champ pour qu'il fût baptisé.

– Et quel nom voulez-vous lui donner ?

– Celui de son aïeul maternel.

C'est ainsi qu'il fut appelé Merlin. Après quoi on le rendit à sa mère pour qu'elle le nourrit, car nulle autre femme n'eût osé allaiter un enfant si poilu et qui, à neuf mois, semblait déjà âgé de deux ans.

Or, quand il fut sevré, les deux femmes déclarèrent à sa mère qu'elles ne pouvaient demeurer dans la tour davantage.

– Hélas ! sitôt que vous serez sorties, on fera justice de moi !

– Nous n'en pouvons mais, répondirent-elles.

Sur quoi la mère se mit à pleurer amèrement et à se lamenter.

– Beau fils, disait-elle en prenant son enfant dans ses bras, je recevrai la mort à cause de vous, et pourtant je ne l'ai pas méritée, mais qui voudrait croire la vérité ?

À ces mots, le poupon la regarda en riant et lui répondit :

– Tu ne mourras pas de mon fait.

En entendant parler son enfant au maillot, la mère fut si ébahie, qu'elle ouvrit les mains et le laissa choir. Il se mit à vagir et à hurler, et les commères accoururent, croyant qu'elle avait voulu le tuer. Mais elle les détrompa en leur expliquant la merveille. Alors elles prirent le poupon ; pourtant elles eurent beau l'interroger : elles n'en tirèrent mot. À la fin, sur le conseil de la mère, elles feignirent de la rudoyer et elles lui dirent durement :

– Quel malheur que votre beau corps doive être brûlé pour cette créature ! Il vaudrait bien mieux que cet enfant ne fut jamais né !

– Vous mentez, cria tout à coup le nourrisson, et dites ce que ma mère vous fait dire. Laissez-la en paix ; vous êtes plus folles et plus pécheresses qu'elle. Nul ne sera assez hardi, tant que je vivrai, pour faire justice d'elle, hors Dieu.

Voilà les commères, émerveillées à leur tour, qui s'empressent de courir à la fenêtre et d'annoncer aux gens du dehors la nouvelle du poupon qui parlait. Le bruit en vint tôt aux oreilles du juge qui fit amener la mère pour la juger. Naturellement, elle eut beau lui répéter que nul homme ne l'avait approchée, il n'en voulut rien croire, et il allait la condamner, lorsqu'on entendit le petit Merlin, qu'elle tenait dans ses bras, s'écrier :

– Ce n'est pas de si tôt qu'elle sera brûlée ! Car si l'on condamnait au feu tous ceux et celles qui se sont abandonnés à d'autres que leurs femmes et leurs maris, il ne serait guère de gens ici qui n'y dussent aller ! Je le ferais bien voir, si je voulais. Et je connais mieux mon père que vous le vôtre, et votre mère sait mieux de qui elle vous a conçu, que la mienne ne sait qui m'a engendré.

À ces mots, le juge fut tout ébahi, mais en même temps fort courroucé, et il envoya quérir sa propre mère sur-le-champ, déclarant que, si Merlin ne prouvait ce qu'il osait avancer, il serait brûlé avec la sienne.

– Si vous m'en croyiez, dit l'enfant, vous laisseriez aller ma mère et ne feriez aucune enquête sur la vôtre.

– Tu ne te sauveras pas si facilement ! répliqua le juge. Mère, demanda-t-il quand la dame fut arrivée, ne suis-je le fils de votre loyal époux ?

– Par Dieu, beau fils, de qui seriez-vous donc né, sinon de mon seigneur qui est mort ?

– Dame, dame, reprit l'enfant, il faut confesser la vérité.

– Diable ! Satan ! fit la dame en se signant, est-ce que je ne la dis pas ?

– Non, car vous savez bien que votre fils est né d'un prêtre, à telles enseignes que la première fois que vous vous unîtes à celui-ci, vous lui dîtes que vous craigniez beaucoup d'être engrossée, parce que votre mari était loin de vous à cette époque. Est-ce vrai ?

— Beau fils, dit la dame, vas-tu croire ce que raconte ce diable ?

— Si cela ne suffit pas, reprit l'enfant, je vous dirai encore ceci. Lorsque vous vous sentîtes grosse, le prêtre courut le pays à la recherche de votre époux et fit tant et si bien qu'il le décida à coucher avec vous. Grâce à quoi votre seigneur ne douta point que l'enfant ne fut de son sang.

En entendant cela, la dame fut si troublée qu'elle dut s'asseoir. Son fils alors la regarda :

— Quel que soit mon père, lui dit-il, je suis votre fils et vous traiterai comme tel. Avouez donc la vérité.

— Pour Dieu, beau fils, grâce ! Je ne le puis celer : il en a été comme cet enfant dit.

— Il avait donc raison de prétendre qu'il savait mieux quel était son père que moi quel était le mien, et il ne serait pas juste que je condamnasse sa mère quand je ne condamne pas la mienne. Mais, dit le juge à Merlin, au nom de Dieu et pour ton honneur, et afin que je puisse disculper devant le peuple celle dont tu es né, déclare-moi qui t'a engendré.

— Eh bien, je suis le fils d'un Ennemi qui trompa ma mère. Et sache que ces Ennemis ont nom incubes et habitent dans les airs. Dieu a permis que j'eusse leur science infuse et leur mémoire, et je sais comme eux les choses faites et dites et passées ; mais, de plus, à cause de la bonté de ma mère, de son repentir et de sa pénitence, Notre Sire a permis que je connusse également les choses à venir. Ainsi puis-je te révéler que ta mère, en s'en allant, contera au prêtre qui t'engendra ce que je t'ai dit. Et, en apprenant que tu sais tout, il aura si grande peur qu'il s'enfuira, et le diable le conduira à un étang où il se noiera.

Ainsi en advint-il. Cependant la mère de Merlin se retira dans un monastère éloigné où elle vécut très saintement, et l'enfant grandit tranquillement auprès d'elle jusqu'à l'âge de sept ans.

IV

En ce temps-là, il y avait en Bretagne un roi du nom de Constant, qui avait deux jeunes enfants, appelés Moine et Uter Pendragon. Lorsqu'il mourut, son sénéchal fit traîtreusement mettre à mort le petit Moine et se fit couronner roi à sa place. Mais il gouvernait si méchamment que son peuple le haïssait, et, comme il n'avait pu s'emparer du plus jeune fils du roi Constant, qu'un prud'homme avait emmené en une ville étrangère, nommée Bourges en Berry, il avait grand'peur que l'enfant ne revint un jour le détrôner. Aussi résolut-il de faire bâtir une tour si haute et si forte qu'elle ne pût jamais être prise. On se mit à l'œuvre, mais, à peine la tour commençait-elle de s'élever à trois ou quatre toises au-dessus du sol, elle s'écroula. Vortiger manda ses maîtres maçons et leur recommanda d'employer la meilleure chaux et le meilleur ciment qu'ils pourraient trouver. Ainsi firent-ils, mais une seconde fois la tour tomba ; puis une troisième et une quatrième : si bien que tout le monde était ébahi et le roi très irrité.

Il appela les plus sages clercs et astronomes de sa terre, et il leur proposa le cas. Après en avoir délibéré durant onze jours, ils prétendirent que la tour ne tiendrait jamais si l'on ne mélangeait au mortier le sang d'un enfant de sept ans né sans père. Aussitôt le roi envoya douze messagers par le monde qu'il chargea de ramener cet enfant.

Un jour, deux d'entre eux passèrent en un grand champ à l'entrée d'une ville, ou une foule de jeunes garçons jouaient à la crosse. Or parmi ceux-ci était le petit Merlin qui, sachant toutes choses, connut bien ce que venaient chercher les messagers. Dès qu'il les vit, il s'approcha du fils de l'un des plus riches hommes de la ville et le frappa rudement de sa crosse à la jambe. L'enfant se mit à pleurer et à injurier Merlin en l'appelant : né sans père. Aussitôt les messagers s'approchèrent pour l'interroger. Mais, sans leur en laisser le temps, Merlin vint à eux en riant et leur dit :

— Je suis celui que vous quérez et dont vous devez rapporter le sang au roi Vortiger.

— Qui t'a dit cela ? demandèrent les messagers stupéfaits.

— Si vous me jurez que vous ne me ferez aucun mal, j'irai avec vous et je vous dirai pourquoi la tour ne tient pas. Mais, d'abord, je vais vous prouver que je sais bien d'autres choses.

Et il leur conta sans manquer d'un mot comment le roi Vortiger avait voulu bâtir une tour, et comment elle s'écroulait toujours, et ce qu'avaient dit les astronomes, puis comment eux-mêmes avaient été envoyés, et tout le reste, si bien que les messagers pensaient : « Cet enfant nous dit merveilles, et nous aimerions mieux être parjures tous les jours de nos vies et risquer de perdre nos biens, que de le tuer. » Aussi Merlin, qui lisait dans leur pensée, fut prendre congé de sa mère, et partit de bonne grâce avec eux.

Ils chevauchèrent de compagnie jusqu'à ce qu'ils arrivassent en une ville et, comme ils en sortaient, ils virent un vilain qui portait de gros souliers et une pièce de cuir à la main. En passant près de lui, Merlin se mit à rire, et comme ses compagnons lui demandaient pourquoi, il leur dit :

— Parce que ce vilain qui pense avoir à réparer ses chaussures en faisant son pèlerinage sera mort avant que d'arriver à sa maison.

Les messagers interrogèrent l'homme qui leur répondit qu'il venait d'acheter ses souliers au marché, et le cuir pour les raccommoder quand ils seraient usés, car il voulait aller en Terre sainte. Étonnés, les messagers le suivirent, et ils n'avaient pas fait une lieue qu'ils le virent tomber mort. Alors ils songèrent, chacun à part soi : « Il nous vaudrait mieux souffrir mille supplices que d'occire un si sage enfant. » Et Merlin, qui sut leur pensée dans le même instant, les remercia de leurs bonnes résolutions.

V

Cependant ils approchaient de la cour du roi Vortiger. Quand ils n'en furent plus qu'à une heure de route, ils demandèrent à Merlin ce qu'ils diraient au roi.

– Contez-lui ce que vous avez vu, leur conseilla-t-il, et assurez-lui que je lui enseignerai pourquoi sa tour s'écroule toujours.

Ce qu'ils firent ; et le roi émerveillé commanda qu'on lui amenât Merlin. Celui-ci le salua le plus poliment du monde :

– Roi Vortiger, tu veux savoir pourquoi ta tour ne peut tenir ? C'est qu'il y a dessous la terre, à l'endroit où elle s'appuie, deux dragons qui ne voient goutte, l'un roux et l'autre blanc, qui dorment sous deux grandes pierres. Quand ils sentent le poids de la tour, ils se tournent, et elle croule. Si ce que je dis est faux, condamne-moi au feu ; si c'est vrai, accuse tes clercs et tes astronomes qui prétendent connaître tout et ne savent rien.

Aussitôt le roi fit rassembler les ouvriers du pays pour creuser la terre, lesquels travaillèrent si bien qu'on mit à jour les deux grandes pierres qu'avait annoncées Merlin. Et dès qu'on en eut soulevé la première, un dragon blanc apparut, si grand, si fier et si hideux, que tout le monde se hâta de reculer. Puis, sous la seconde, on découvrit un dragon roux, qui sembla encore plus grand et plus sauvage. Et tous deux ne tardèrent pas à s'éveiller et à se jeter l'un sur l'autre, en se déchirant horriblement des dents et des griffes. La bataille dura tout le jour, toute la nuit et le lendemain jusqu'à l'heure de midi. Longtemps le blanc eut le dessous ; mais, à la fin, il lui sortit une flamme de la bouche et des narines qui consuma le roux ; après quoi le vainqueur se coucha et mourut à son tour. Et Merlin dit au roi que maintenant il pouvait faire bâtir sa tour.

– Mais, demanda celui-ci, il faut que tu nous apprennes ce que signifie la lutte des deux dragons.

– Promets-moi donc, sur ta foi, qu'il ne me sera fait aucun mal.

Le roi promit.

– Je te dirai que le dragon roux signifie toi, et le blanc le fils du roi Constant, auquel tu as volé son héritage. Et si les deux dragons luttèrent longtemps, c'est que tu tiens depuis longtemps le royaume que tu as pris. Et si le blanc a brûlé le roux, c'est qu'Uter Pendragon, le fils du roi, te fera brûler toi-même. Dans trois jours il débarquera au port de Winchester.

À ces mots le roi fut très effrayé. Il s'empressa d'envoyer une armée à Winchester. Mais lorsque ses gens virent les gonfanons d'Uter Pendragon sur la nef qui l'amenait, ils s'empressèrent de le reconnaître pour leur droit seigneur, de sorte que Vortiger n'eut que le temps de gagner un de ses châteaux avec un petit nombre de serviteurs. Il résista là quelque temps ; mais, en donnant l'assaut, Uter Pendragon mit le feu à la forteresse, et Vortiger périt dans les flammes. Ainsi en soit-il de tous les déloyaux.

VI

Le conte dit ici que Merlin s'était retiré dans la forêt de Northumberland. Or, le roi Uter Pendragon, à qui l'on narra les merveilles qu'il avait faites, eut naturellement grand désir de le voir : aussi envoya-t-il des messagers par toute la terre à la recherche du devin.

Un jour qu'ils se reposaient dans une ville du Northumberland, ils virent venir à eux un bûcheron portant une grande cognée sur l'épaule, les cheveux hirsutes, la barbe longue, vêtu d'une courte blouse déchirée, bref assez semblable à un homme sauvage, qui leur dit :

– Vous ne faites guère la besogne de votre seigneur.

– De quoi se mêle ce vilain !

– Si j'étais chargé de chercher Merlin, reprit le bûcheron, je l'aurais plus tôt trouvé que vous. Sachez qu'il m'a commandé de vous dire que jamais personne ne l'amènera, à moins que votre roi ne vienne lui-même le quérir dans la forêt.

Là-dessus, l'homme leur tourna le dos et disparut, bien avant que les messagers fussent revenus de leur surprise.

Ils retournèrent en grande hâte à la cour et contèrent au roi ce que le vilain leur avait dit.

« J'irai donc chercher le devin », décida Uter Pendragon. Ainsi vint-il avec eux dans la forêt de Northumberland. Elle était grande, haute et délicieuse à y errer. Le roi et ses gens chevauchèrent longtemps à travers feuilles et buissons. Enfin ils parvinrent à une clairière où un pauvre berger contrefait gardait un troupeau de moutons.

– Qui es-tu ? lui demandèrent-ils.

– Je suis à un homme qui m'a dit qu'un roi le viendrait aujourd'hui chercher au bois. Et, si le roi venait, je saurais bien le mener à celui qu'il va quérant.

– Et ne nous pourrais-tu conduire à lui ?

– Nenni, répondit le berger, ni pour or ni pour argent, car on ne le trouve que lorsque lui-même, il y consent.

– Je suis le roi, dit Uter Pendragon.

– Et moi, je suis Merlin, dit le berger.

Le roi demanda à ses compagnons s'ils reconnaissaient Merlin, bien qu'ils ne l'eussent pas vu depuis longtemps. Pour toute réponse, ils se mirent à rire ; mais, dans le même instant, ils trouvèrent devant eux le jeune enfant qui avait expliqué au roi Vortiger la signification du combat des dragons. Et ainsi l'on connut que Merlin avait le pouvoir de prendre telle semblance qui lui plût.

Le roi lui fit de grandes amitiés et voulut l'emmener à sa cour ; mais il refusa pour ce qu'il savait bien que les barons seraient tôt jaloux de son crédit : car il était très sage. Pourtant il assura le roi qu'il l'aimait tendrement et qu'il veillerait toujours sur son honneur et ses intérêts. En effet, grâce à lui, Uter vainquit les Saines, païens très méchants qui ne croyaient pas à la Trinité ni à Jésus Christ qui pour nous souffrit. Après la bataille, on enterra les corps des chrétiens, et Merlin fit venir d'Irlande, par son art, certaines longues et grosses pierres que nul homme n'aurait pu soulever par force ni par engin, et qu'il dressa parce qu'elles étaient plus belles droites que gisant. Ainsi fut fait le cimetière de Salisbury que l'on voit encore et que l'on verra tant que le monde durera.

VII

Après sa victoire, le roi fit annoncer dans tout son royaume qu'il tiendrait régulièrement sa cour à Carduel en Galles, tous les ans, à la Noël, à la Pentecôte et à la Toussaint, et que ses barons étaient invités à s'y rendre sans autre avertissement.

Il y vint ainsi une grande quantité de dames, de chevaliers et de demoiselles, et le roi y remarqua Ygerne, la femme du duc Hoël de Tintagel. Il n'en fit d'abord nul semblant, si ce n'est qu'il la regarda plus longtemps que les autres ; mais elle s'en aperçut bien. Comme elle était aussi fidèle que belle, elle garda du mieux qu'elle put de paraître devant lui. Mais le roi envoya des joyaux en présent à toutes les dames afin d'avoir prétexte à lui en donner, de manière qu'elle ne put les refuser. Enfin, quand la cour se sépara, il accompagna le duc de Tintagel et trouva moyen de murmurer à Ygerne qu'elle emportait son cœur ; elle feignit de n'avoir pas entendu.

Aux cours suivantes, le roi ne fut pas plus heureux. Durant un an, il souffrit : quand il était loin de la duchesse, il était triste à mourir ; quand il la voyait, sa douleur s'allégeait un peu ; mais il lui semblait qu'il ne pourrait vivre s'il n'avait réconfort d'amour.

– Sire, lui dit Ulfin, un de ses familiers, vous êtes bien naïf quand vous pensez mourir pour le désir d'une femme. Moi qui suis un pauvre homme au prix de vous, si j'aimais comme vous faites, je ne songerais pas à trépasser : qui entendit jamais parler d'une femme qui se put défendre si elle était bien priée et honorée de beaux joyaux ? Laissez-moi faire.

Et il commença de porter à la duchesse maints présents magnifiques de par le roi. Mais elle se défendait d'en rien prendre, si bien qu'un jour, il lui dit :

– Dame, ces joyaux que vous refusez sont peu de chose, quand tous les biens du royaume de Logres sont à votre volonté et tous les corps de ses habitants à votre plaisir.

– Comment ? fit-elle.

– Parce que vous avez le cœur de celui à qui tous les autres obéissent.

– De quel cœur parlez-vous ?

– De celui du roi.

Ygerne leva la main et se signa.

– Dieu ! que le roi est traître de faire semblant d'aimer mon seigneur le duc et moi, et cependant de me vouloir honnir ! Garde-toi de me redire de telles paroles ou j'avertirai le duc et il te fera mourir.

– Ce serait mon honneur que de mourir pour mon roi, répondit Ulfin. Dame, pour Dieu, ayez merci du roi et de vous-même, sinon il adviendra grand mal de cela : ni vous ni le duc ne vous pourriez défendre contre sa volonté.

– S'il plaît à Dieu, répliqua Ygerne en pleurant, je n'irai plus jamais en lieu où il me puisse voir.

Ainsi fit-elle, tant qu'elle le put. Mais, le onzième jour après la Pentecôte, le roi prit le duc par la main et le fit asseoir à table auprès de lui ; puis il lui dit, en lui montrant une coupe d'or :

– Beau sire, mandez à Ygerne votre femme qu'elle accepte cette coupe que je lui envoie pleine de bon vin, et qu'elle la vide pour l'amour de moi.

– Sire, grand merci ! répondit le duc qui ne pensait pas à mal.

Et l'un de ses chevaliers, nommé Bretel, se rendit par son ordre en la chambre où Ygerne mangeait avec les autres dames et, s'agenouillant devant la duchesse, il lui fit le message de son seigneur. Elle rougit ; pourtant, n'osant refuser, elle but et voulut renvoyer la coupe.

– Madame, lui dit Bretel, messire a commandé que vous la gardiez : le roi l'en a prié.

Puis il revint au roi et lui rendit grâce de la part de la duchesse, qui pourtant n'avait sonné mot de remerciement.

Le soir, lorsque le duc rentra à son hôtel, il trouva Ygerne qui pleurait. Étonné, il la prit dans ses bras.

– Ha ! dit-elle, je voudrais être morte !

– Dame, pourquoi ?

– Je ne vous le célerai point, car il n'est rien que je chérisse comme vous. Le roi dit qu'il m'aime, et toutes ces fêtes, il ne les donne que pour l'amour de moi. Pourtant, des présents qu'il m'a envoyés, je n'en ai accepté aucun, hormis cette coupe que vous m'avez fait prendre. Je vous prie et requiers comme mon seigneur de me ramener à Tintagel.

En entendant cela, le duc irrité manda sur-le-champ à ses chevaliers de se préparer sans bruit et de quitter la ville dans la nuit même, quitte à laisser tout leur bagage, qui les suivrait le lendemain.

VIII

Au matin, le roi apprit le départ d'Ygerne à grand chagrin. Il réunit ses barons en conseil et se plaignit amèrement de l'insulte que lui faisait son vassal. Il fut décidé qu'on enverrait au duc deux prud'hommes chargés de lui remontrer son insolence et de l'inviter à revenir à la cour. Mais le duc s'y refusa, disant seulement que le roi lui avait forfait. Aussitôt Uter Pendragon requit ses barons de l'aider à venger son honneur et à punir la folie de son homme lige. De son côté, le duc avait révélé aux siens la honte que le roi voulait lui infliger, et ils étaient venus s'enfermer avec leur seigneur dans le plus fort de ses châteaux. La place était si bien défendue, qu'Uter Pendragon ne put s'en emparer d'assaut. D'ailleurs, il apprit qu'Ygerne ne s'y trouvait pas : car elle était demeurée à Tintagel sous la garde de quelques chevaliers dévoués. Que faire ? Lever le siège, il n'y fallait pas songer : ses barons n'eussent pas compris qu'il renonçât à saisir le rebelle… Un jour que le roi se lamentait sous sa tente, Ulfin lui dit :

– Sire, que ne mandez-vous Merlin ?

– Hélas ! répondit le roi, il sait bien que j'ai perdu le boire et le manger, et le dormir, et le repos, et qu'il me faudra mourir d'amour. Pourtant il ne vient pas. Sans doute ne me pardonne-t-il point de vouloir prendre la femme de mon homme lige ; est-ce ma faute, pourtant, si mon cœur ne peut s'arracher d'Ygerne ?

Comme il disait ces mots, Merlin lui-même entra dans la tente. Le roi, plus content qu'on ne saurait dire, le prit dans ses bras et l'accola très doucement.

– Doux ami, dit-il, jamais je ne souhaitai la venue de nul homme autant que la vôtre. Vous savez bien ce que mon cœur désire, puisque je ne vous pourrais mentir que vous ne le connussiez aussitôt.

– Je le sais, dit Merlin, et si vous m'osiez promettre un don, je vous ferais avoir l'amour de la duchesse et coucher avec elle en son lit.

– Ha ! vous pouvez tout me demander !

Alors Merlin lui fit faire un serment sur les meilleures reliques qu'on put trouver ; puis, ils montèrent à cheval avec Ulfin et partirent secrètement pour Tintagel.

Peu avant d'arriver au château, Merlin s'arrêta et descendit de son palefroi. Après avoir un peu cherché, il cueillit une herbe et dit à Ulfin de s'en frotter le visage et les mains. Tout aussitôt celui-ci prit la semblance de Jourdain, l'un des plus fidèles serviteurs du duc. Le roi s'émerveilla fort ; mais, s'étant oint de cette herbe à son tour, il devint tout pareil au duc lui-même, tandis que Merlin prenait la figure de Bretel. Ainsi faits, ils se présentèrent devant la porte du château, où le guetteur, qui les reconnut bien tous trois, les fit entrer. Il était nuit : le faux duc se rendit à la chambre d'Ygerne qui était déjà couchée. Là, ses deux compagnons le dévêtirent, et la duchesse lui fit bel accueil, croyant que ce fut son mari qu'elle aimait fort : et ainsi fut engendré le bon seigneur qu'on appela Artus.

Au matin, tous trois s'en partirent comme ils étaient venus, et Merlin les fit laver et se lava lui-même dans une rivière où ils reprirent leurs apparences naturelles. Ensuite, il dit au roi :

– Sire, je vous ai fait avoir ce que je vous avais promis ; à vous maintenant d'exécuter votre serment. Sachez que vous avez engendré un fils en Ygerne ; je veux que vous me le donniez.

– Je ferai tout, dit le roi, ainsi que je m'y suis engagé.

En revenant au camp, on apprit que le duc avait tenté une sortie et que, son cheval ayant été abattu, il avait été tué par les gens de pied qui ne l'avaient pas reconnu. Tous les barons en étaient chagrinés, car ils estimaient que la mort était un châtiment trop grave pour la faute du duc. Aussi le roi les assembla-t-il et leur demanda comment il pourrait réparer ce méchef. Il furent d'avis qu'il convenait de convoquer tout d'abord les parents du duc de Tintagel afin de chercher un accommodement.

Ainsi fut fait ; et quand la dame de Tintagel fut venue avec les siens, une nouvelle assemblée se fit des barons du royaume. Et tous prièrent Ulfin, qui était très sage, de donner son avis.

– Le duc est mort par la force du roi, dit-il ; mais, quels que fussent ses torts, il n'avait pas commis de forfait tel qu'il dût en être puni de mort. Sachez cependant que sa femme demeure chargée d'enfants. Le roi a détruit et gâté sa terre, la lésant ainsi, de même que les héritiers et parents du duc : il est juste qu'il répare une partie de ces dommages. Il doit prendre la duchesse pour femme, et marier la fille aînée du duc au roi Lot d'Orcanie, si celui-ci y consent.

Les paroles d'Ulfin furent fort louées ; tous les barons se rangèrent à son avis. Et le roi d'Orcanie dit qu'il épouserait volontiers la fille du duc de Tintagel. Et tous se tournèrent vers la duchesse, à qui l'eau de son cœur montait aux yeux et qui ne répondit rien ; mais tous ses parents dirent que jamais seigneur n'avait fait à son homme lige une paix plus équitable. Et trente jours plus tard eurent lieu les noces du roi Uter Pendragon et d'Ygerne.

Or, quand la grossesse de celle-ci apparut, elle confessa en pleurant à son seigneur comment un homme l'était venu visiter après la mort du duc, qui ressemblait si fort à celui-ci qu'elle l'avait pris pour lui.

– Belle amie, dit le roi, gardez que personne à qui vous la pouvez céler ne connaisse votre grossesse, car ce serait grande honte à moi et à vous si l'on savait que vous avez eu un enfant si tôt. Nous le confierons à quelqu'un qui l'élèvera bien.

Et quand l'enfant fut né, il le donna à Merlin, qui le remit secrètement à l'un des plus honnêtes chevaliers du royaume, nommé Antor, dont la femme avait accouché six mois auparavant. Elle confia son propre fils à une nourrice et allaita celui qu'on lui amenait. Puis, le moment venu, Antor fit baptiser l'enfant sous le nom d'Artus et l'éleva en tout honneur et bien, en compagnie de son propre fils qu'on appelait Keu.

IX

Uter Pendragon mourut seize ans plus tard, à la Saint-Martin, deux ans après Ygerne. Comme il ne laissait point d'enfant connu, les barons s'assemblèrent et prièrent Merlin de leur désigner l'homme qu'ils devaient élire afin qu'il gouvernât le royaume pour le bien de la sainte Église et la sûreté du peuple. Mais il se contenta de leur dire qu'ils attendissent le jour de la naissance de Notre Seigneur, et jusque-là d'implorer Dieu pour qu'il les éclairât.

La veille de Noël, donc, tous les barons du royaume de Logres vinrent à Londres, et parmi eux Antor, avec Keu et Artus, ses deux enfants dont il ne savait lequel il préférait. Chacun assista à la messe de minuit en grande piété, puis à la messe du jour. Et comme la foule sortait de l'église, des cris d'étonnement retentirent : une grande pierre taillée gisait au milieu de la place naguère vide, portant une enclume de fer, où une épée se trouvait fichée jusqu'à la garde.

On avertit aussitôt l'archevêque qui vint avec de l'eau bénite. Et en se baissant pour asperger la pierre, il déchiffra à haute voix cette phrase qui s'y trouvait gravée en lettres d'or :

Celui qui ôtera cette épée sera le roi élu par Jésus-Christ.

Déjà les plus hauts et riches hommes commençaient de contester entre eux à qui tenterait l'épreuve le premier. Mais l'archevêque leur dit :

– Seigneurs, vous n'êtes point aussi sages qu'il faudrait. Ne savez-vous point que Notre Sire n'a souci de richesse, ni de noblesse, ni de fierté ? Seul, celui qu'il a désigné réussira, et, s'il était encore à naître, l'épée ne serait jamais ôtée devant qu'il vînt.

Alors il choisit lui-même deux cent cinquante prud'hommes pour tenter l'aventure tout d'abord. Mais aucun ne parvint à mouvoir l'épée. Après eux, et dans la semaine qui suivit, tous ceux qui voulurent s'y efforcèrent, mais vainement. Et l'on atteignit ainsi le jour des étrennes.

Ce jour-là, on donnait chaque année un grand tournoi aux portes de la cité. Quand les chevaliers eurent assez joûté, ils firent une telle mêlée, que toute la ville en courut voir le spectacle. Keu, le fils d'Antor, qui venait d'être fait chevalier à la Toussaint précédente, appela son jeune frère, et lui dit :

– Va chercher mon épée à notre hôtel.

Artus était un bel et grand adolescent de seize ans, fort aimable et serviable : il piqua des deux aussitôt vers leur logis, mais il ne put trouver l'épée de son frère ni aucune autre, car la dame de la maison les avait toutes rangées dans une chambre, et elle était allée voir la mêlée. Il revenait, lorsqu'en passant devant l'église il pensa qu'il n'avait pas encore fait l'essai : aussitôt il s'approche du perron et, sans même descendre de cheval, il prend le glaive merveilleux par la poignée, le tire sans la moindre peine, et l'apporte sous un pan de manteau à son frère, à qui il dit :

– Je n'ai pu trouver ton épée, mais je t'apporte celle de l'enclume.

Keu la saisit sans sonner mot, et se mit à la recherche de son père.

– Sire, lui dit-il en le joignant, je serai roi : voici l'épée du perron.

Mais Antor, qui était vieil et sage, ne le crut guère et n'eut pas beaucoup de peine à lui faire confesser la vérité. Alors il appela Artus et lui commanda d'aller remettre le glaive où il l'avait pris : l'enfant replongea la lame dans l'enclume aussi aisément qu'il eût fait dans la glaise. Ce que voyant, le prud'homme l'embrassa :

– Beau fils, si je vous faisais élire roi, quel bien m'en reviendrait ?

– Sire, répondit Artus, je ne saurais avoir rien dont vous ne soyez maître, étant mon père.

– Cher sire, je suis votre père adoptif, mais non celui qui vous a engendré. J'ai confié mon propre fils à une nourrice pour que sa mère vous nourrit de son lait. Et je vous ai élevé aussi doucement que j'ai pu.

– Je vous supplie, dit Artus, de ne pas me renier comme votre fils, car je ne saurais où aller. Et si Dieu veut que j'aie cet honneur d'être roi, vous ne saurez me demander chose que vous ne l'ayez.

– Eh bien, je vous demande qu'en récompense de ce que j'ai fait pour vous, Keu soit votre sénéchal tant que vous vivrez, et que, quoi qu'il fasse, il ne puisse perdre sa charge. S'il est fol, s'il est félon, vous vous direz que peut-être il ne l'eût point été s'il avait été allaité par sa propre mère et non par une étrangère, et que c'est peut-être à cause de vous qu'il est ainsi.

– Je vous le promets, dit Artus.

Et Antor lui en fit faire le serment sur l'autel.

Il attendit vêpres, et, quand tous les barons furent assemblés dans l'église, il alla trouver l'archevêque et lui demanda de permettre que son plus jeune fils, qui n'était pas encore chevalier, fît l'essai. Et Artus s'avança, ôta l'épée sans peine et la bailla à l'archevêque qui entonna à pleine voix le Te Deum laudamus.

Cependant les barons murmuraient, disant qu'il ne se pouvait qu'un garçon de si bas lignage devînt leur seigneur. Dont l'archevêque se courrouça et leur dit que Dieu savait mieux qu'eux-mêmes ce que valait chacun ; pourtant il commanda à Artus de replacer l'épée dans l'enclume, puis il dit aux mécontents de recommencer l'épreuve. Et tous essayèrent une fois de plus, mais nul ne réussit.

– Ils sont bien fous ceux qui vont contre la volonté de Dieu ! s'écria le prélat.

– Sire, dirent les barons, nous n'allons point contre sa volonté, mais il nous est trop grande merveille qu'un homme de si basse condition devienne ainsi notre seigneur. Nous vous demandons que vous laissiez l'épée au perron jusqu'à la Chandeleur.

L'archevêque y consentit ; mais, ce jour-là encore, nul d'entre eux ne put l'arracher.

– Allez, beau fils Artus, dit alors l'archevêque : si Notre Sire veut que vous gouverniez ce peuple, baillez-moi ce glaive.

Aussitôt Artus se leva et tira l'épée sans plus d'efforts que si elle eût été enfoncée dans une motte de beurre. Le peuple pleurait de joie et de pitié ; mais les barons réclamèrent qu'on recommençât l'épreuve à Pâques. Quand Pâques furent venues, il en alla tout de même. Alors ils se résignèrent à reconnaître le fils d'Antor pour l'élu de Dieu ; pourtant ils exigèrent encore que son sacre fut reculé jusqu'à la Pentecôte. Ce jour-là, Artus s'agenouilla une dernière fois devant le perron, puis il prit l'épée dans ses mains jointes et la leva très facilement.

Alors il la porta toute droite a l'autel et la posa dessus. Puis il fut oint et sacré. Et quand la messe fut chantée, on vit, en sortant de l'église, que le perron merveilleux avait disparu.

X

Quelque temps après son sacre, le roi Artus tint une grande cour à Kerléon. Onze des plus hauts barons de la couronne de Logres y vinrent avec leurs chevaliers : Lot, roi d'Orcanie ; Urien, roi de Gorre ; Ydier, roi de Cornouaille ; Nantre, roi de Garlot ; Carados Biébras ; Belinant, roi de Sorgalles, et son frère Tradelinan, roi de Norgalles ; Clarion, roi de Northumberland ; Brangore, roi d'Estrangore ; Agustan, roi d'Écosse, et le duc Escan de Cambenic. Et Artus leur fit aussi bel accueil qu'il put et les combla de présents.

Mais, quand ils virent qu'il leur donnait de si riches joyaux, ils le prirent à grand dédain. Bientôt ils lui signifièrent qu'ils ne pouvaient tenir pour leur seigneur un homme d'aussi bas lignage que lui. Artus était sur ses gardes : il s'enferma aussitôt dans la forteresse de Kerléon et les rois et lui demeurèrent ainsi quinze jours à s'entre-surveiller. Au bout de ce temps on vit arriver Merlin, qui se montra à tout le peuple comme celui qui veut être reconnu ; après quoi il se présenta devant les rebelles, ouvert et joyeux à son ordinaire.

Ils lui firent grand accueil et lui demandèrent ce que c'était que ce nouveau roi que l'archevêque prétendait leur imposer.

– Beaux seigneurs, répondit-il, l'archevêque a bien fait. Et sachez qu'il n'est pas fils d'Antor et frère de Keu, mais de plus haute naissance qu'aucun de vous.

– Comment ? Que nous dites-vous ?

– Mandez-le devant vous, ainsi qu'Ulfin et Antor, et vous saurez la vérité.

Étonnés, les barons envoyèrent Bretel muni d'un sauf-conduit, et Artus consentit à venir en compagnie de l'archevêque et d'Antor, non sans avoir passé sous sa cotte un court et léger haubergeon, par précaution.

Quand il entra, les barons se levèrent devant lui parce qu'il était roi sacré, et devant l'archevêque parce qu'il était saint et de bonne vie. Mais, à peine furent-ils assis, l'homme de Dieu commença de les supplier au nom de Notre Seigneur de prendre en pitié la chrétienté et de leur rappeler que, riches ou pauvres, ils n'étaient que des hommes soumis à la mort.

– Sire, firent-ils sans le laisser achever, souffrez un peu que nous écoutions Merlin ; ensuite vous retrouverez bien votre sermon.

Merlin se mit donc debout et leur conta tout au long l'histoire d'Uter Pendragon et d'Ygerne ; puis il invoqua le témoignage d'Ulfin et d'Antor ; enfin il exhiba des lettres scellées que le défunt roi avait fait faire de tout cela.

En l'écoutant, le menu peuple qui était dans la salle commença de pleurer d'attendrissement et de maudire ceux qui voulaient nuire au fils d'Uter Pendragon. Mais les barons, après avoir un peu hésité, déclarèrent qu'ils ne consentiraient jamais à tenir leurs fiefs d'un bâtard, et, comme Merlin leur représentait qu'ils se trouveraient mal d'aller contre la volonté de Notre Seigneur qui avait lui-même élu Artus, ils se moquèrent de lui, disant :

– Il a bien parlé, l'enchanteur !

Enfin ils furent assembler leurs bannières pour donner sans tarder l'assaut au château.

Artus, qui était revenu s'y enfermer, avait avec lui une grande multitude de menu peuple, mais seulement une poignée de chevaliers. En entrant, il prit Merlin par la main et, le tirant à part avec l'archevêque, Ulfin, Antor, Keu et Bretel, il lui demanda son avis.

– Beau sire, dit Merlin, faites armer vos gens, et attendez derrière la porte, et quand je crierai : « Maintenant, à eux ! » sortez hardiment et laissez courre les chevaux.

Alors l'archevêque monta sur le mur et excommunia tous ceux qui voudraient méfaire au roi. Puis Merlin, du sommet de la tour, jeta un enchantement tel que toutes les tentes et pavillons des barons rebelles se mirent à flamber. Quand il les vit ainsi en feu, il donna son signal : la porte s'ouvrit brusquement et le roi Artus et les siens chargèrent aussi vite que leurs chevaux purent galoper, la lance basse et l'écu devant la poitrine. Si bien qu'ils mirent d'abord le désordre dans les rangs de l'ennemi surpris.

Cependant le roi Nantre, qui était grand, fort et membru à merveille, se dit que, s'il tuait Artus, la guerre serait tôt faite. Il prend une lance peinte, courte, roide et grosse, à fer tranchant, et charge à toute allure le roi. Le voyant venir, Artus broche à son tour et s'assure sur ses étriers : de sa lance de frêne il heurte le roi Nantre avec tant de force qu'il lui perce son écu et le porte à terre par-dessus la croupe de son destrier, si durement que toute la terre en résonne. Mais les gens du roi Nantre se précipitent à son secours et le remettent à cheval ; ceux du roi Artus viennent aider à leur seigneur ; il se fait une mêlée furieuse.

Sa lance brisée, Artus tire son épée, celle qu'il avait arrachée du perron merveilleux. Elle s'appelait Escalibor, qui signifie en hébreu tranche fer et acier, et elle jetait autant de clarté que deux cierges allumés. Le roi la brandit et commence de frapper à dextre et à senestre, si vivement qu'il semble entouré d'éclairs, et à faire de si grandes prouesses que nul n'ose l'attendre et que tous l'évitent. Voyant cela, six des rois s'accordent pour le charger ensemble, et ils le renversent avec son cheval. Mais Keu, Bretel, Antor, Ulfin et leur lignage accourent à la rescousse ; Keu se jette sur le roi Lot, lui décharge un tel coup sur son heaume qu'il l'abat sur l'arçon, le frappe, le refrappe, s'acharne et le fait tomber à bas de son destrier, tout étourdi.

À ce moment, la foule du menu peuple se précipitait à son tour dans la mêlée, armée de haches, de masses, de bâtons, si bien que l'ennemi commença de plier sous le nombre et de fuir. Fort échauffé, Artus, remonté par les siens, se jette à la poursuite, et fait merveille d'Escalibor au point que sur ses armes rouges de sang on ne voit plus couleur ni vernis. Semblable à une statue vermeille, il atteint le roi Ydier ; déjà il hausse l'épée pour le férir sur son heaume, mais son cheval l'emporte plus loin qu'il n'aurait fallu, si bien que le coup, frôlant l'homme, tombe sur le destrier et lui tranche le cou. Ydier tombe a terre ; ses gens le dégagent, le remontent à grand'peine… Enfin les onze rois s'échappent, rudement pourchassés, laissant sur le terrain tout leur bagage et leur vaisselle d'or et d'argent.

XI

Quand le roi Artus eut ainsi déconfit ses grands vassaux rebelles, il tint une cour à Londres sur le conseil de Merlin, où il fit de beaux dons de robes, d'argent, de chevaux, et arma nombre de nouveaux chevaliers. Par quoi il se gagna beaucoup de cœurs.

– Beau doux sire, lui dit Merlin, maintenant contentez-vous de garnir vos forteresses et de les munir de vivres et d'artillerie. Cependant vous irez vous engager comme un simple chevalier au service du roi Léodagan de Carmélide, et grand bien vous en adviendra. C'est un vieil homme et il a rude guerre de ses voisins : car le roi Claudas de la Terre déserte a rendu hommage à l'empereur de Rome, Julius César, et tous deux ont fait alliance avec Frolle, duc d'Allemagne, qui est un haut et puissant baron, et une grande armée s'avance sous leurs bannières pour conquérir le royaume de Carmélide. Ne craignez rien cependant des rois rebelles pour votre terre, car Notre Sire y aura garde. À votre cour, les uns sont venus pour bien et les autres pour mal ; mais je veux que vous fassiez grand accueil à Ban de Benoïc et à Bohor de Gannes, qui sont en route à cette heure et qui se rendent ici par débonnaireté. Tous deux sont frères et rois en la Petite Bretagne, et ils vous feront hommage volontiers. Quand vous partirez pour Carohaise en Carmélide, emmenez les avec vous, car ils sont prud'hommes et très bons chevaliers.

Dès qu'il apprit que le roi Ban et le roi Bohor approchaient, Artus fit tendre de soieries et de tapisseries et joncher d'herbes et de fleurs les rues de Londres où ils devaient passer, et il ordonna que les demoiselles et les pucelles de la ville allassent en chantant à leur rencontre, tandis que lui-même s'y rendait à grande chevalerie. Puis il donna en leur honneur un beau tournoi, des fêtes ; bref il les reçut aussi magnifiquement qu'il put. Si bien que les rois Ban et Bohor, et leur frère Guinebaut, qui était un très sage et savant clerc, furent contents. Quand il les vit ainsi, Merlin leur demanda d'accompagner Artus en Carmélide, pour le plus grand bien de la couronne de Logres.

– Mais, beau doux ami, lui répondit le roi Ban, si nous laissons nos royaumes, qu'arrivera-t-il ? Nous avons des voisins félons, et il est bien périlleux de quitter ainsi sa propre terre pour aller défendre celle d'autrui.

– Ha, sire, dit Merlin, il est bon de reculer pour sauter loin ! Sachez que pour un denier que vous perdrez ici, vous en gagnerez cent là-bas. Quelques coureurs qui pourront venir sur vos terres ne vous prendront ni un château ni une ville, et le royaume de Carmélide défendra ensuite celui de Logres et les vôtres à toujours.

– Je ferai ce que vous me conseillez, dit le roi Ban, car vous êtes plus sage que nous tous.

Mais, maintenant, le conte se tait du roi Artus et des rois Ban et Bohor, et en vient à parler de l'empereur de Rome et du jeu de Merlin, quand il quitta la Bretagne bleue et s'en fut dans les forêts de Romanie. C'est une chose digne d'être racontée à vous, seigneurs et dames.

XII

L'empereur Julius César avait une femme qui était de grand lignage et d'une merveilleuse beauté, mais plus luxurieuse que toutes celles de la terre de Rome. Et elle gardait avec elle douze damoiseaux qu'elle attifait en demoiselles pour qu'on n'eût point soupçon de ce qu'elle faisait avec eux toutes les nuits que l'empereur la laissait. Comme elle tremblait que la barbe ne leur vînt, elle leur oignait le menton de chaux et d'un opiat bouilli dans l'urine. Ils portaient des robes traînantes et des voiles, et leurs cheveux étaient longs et arrangés comme ceux des femmes, de manière que personne ne soupçonnait la vérité.

En ce temps vint à la cour une pucelle, fille d'un duc d'Allemagne, qui prit du service en guise d'écuyer et sous un habit d'homme. Comme elle était grande, droite et membrue, et qu'elle avait accompli maintes prouesses, l'empereur l'arma chevalier, à la Saint-Jean, en même temps que plusieurs damoiseaux ; puis elle devint son sénéchal. Et elle avait nom Avenable, mais elle se faisait appeler Grisandole ; et tout le monde la prenait pour un homme.

Une nuit que l'empereur était couché auprès de l'emperière, sa femme, il rêva qu'il voyait une grande truie dont les soies traînaient jusqu'à terre. La bête portait sur la tête un cercle d'or et il lui semblait qu'il la connaissait, mais il n'eût pu dire qu'elle lui appartenait. Douze louveteaux vinrent, qui la saillirent ; puis elle s'éloigna avec eux. Il rêva encore qu'il demandait conseil sur ce qu'il devait faire de la truie, et qu'on lui répondait qu'elle devait être jetée au feu avec les louveteaux.

L'empereur s'éveilla tout effrayé de cette vision ; mais il n'en sonna mot à sa femme, car il était sage. Seulement, au retour de la messe, quand il s'assit à son haut manger, il demeura pensif, et si longtemps que ses barons s'en étonnèrent.

À ce moment, on entendit une rumeur. C'était un cerf à dix cors, d'une hauteur merveilleuse, qui se faisait chasser dans les rues de Rome. Tout le peuple le poursuivait à grands cris et huées. Ayant assez couru, le cerf franchit la maîtresse porte du palais suivi des chasseurs, entra dans la salle, renversant les tables, les vins, les viandes, les pots et la vaisselle, s'agenouilla devant l'empereur et dit :

– Julius César, laisse tes pensées, qui ne te valent rien : car tu ne trouveras personne qui t'explique ta vision, hors l'homme sauvage.

Là-dessus, les portes qu'on avait pourtant fermées derrière lui s'ouvrent toutes seules, et le cerf s'enfuit à nouveau, court par les rues, toujours chassé, gagne les champs, et s'évanouit comme par enchantement.

L'empereur fut bien courroucé quand il apprit que l'animal avait échappé. Il fit crier par la ville que celui qui lui ramènerait soit l'homme sauvage ou le cerf, aurait sa fille et la moitié de ses terres, pourvu qu'il fût gentilhomme. Aussitôt maints riches damoiseaux de monter à cheval et de courir les bois de Romanie ; mais nul ne trouva rien et il leur fallut revenir. Seul demeura Grisandole le sénéchal, qui était parti avec eux. Huit jours, il erra dans une haute forêt. Une fois qu'il était descendu de son cheval pour prier Notre Seigneur de le guider dans sa quête, le cerf lui apparut soudain et lui dit :

– Avenable, tu chasses la folie, car tu ne trouveras pas ce que tu cherches si tu n'apportes chair de porc, purée au poivre, lait, miel et pain chaud. Amène avec toi quatre compagnons et un garçon qui fera cuire la viande devant le feu. Puis tu dresseras le repas sur une table dans l'endroit le plus retiré de la forêt. Vous vous cacherez tout auprès, et vous verrez l'homme sauvage.

Là-dessus, le cerf s'enfuit, et Grisandole de remonter à cheval et d'aller chercher ce qu'on lui avait dit. La viande grilla sous un beau chêne, et le fumet qui s'en répandit dans toute la forêt attira bientôt l'homme sauvage. Quand ils le virent, Grisandole et ses compagnons faillirent, de frayeur, perdre le sens. En effet, il avait la tête grosse comme celle d'un veau, les yeux ronds et saillants, la bouche fendue jusqu'aux oreilles, des lèvres épaisses, toujours entr'ouvertes, qui laissaient passer ses dents, les pieds retournés et les mains à l'envers, les cheveux noirs, durs et si longs qu'ils tombaient sur sa ceinture ; il était grand, courbé, velu et vieux à merveille, vêtu d'une peau de loup ; et ses oreilles, larges comme vans, pendaient jusqu'à ses genoux, de manière qu'il pouvait s'en envelopper quand il pleuvait ; enfin il était si laid à regarder qu'il n'était homme vivant qui n'en dût avoir grand'peur. Il avançait en frappant les chênes à grands coups de sa massue, et il menait avec lui, comme un berger son troupeau, une harde de cerfs, de biches, de daims et de toutes manières de bêtes rousses.

Ainsi fait, l'homme sauvage s'arrête devant le feu et commence de se chauffer en regardant souvent la nourriture et en bâillant comme un affamé. La viande cuite à son gré, il l'arrache de la broche, la dévore sans en rien laisser, avale le pain chaud au miel, boit le lait, et, le ventre plein, s'endort devant le bûcher. Alors Grisandole et ses compagnons s'approchent tout doucement, se jettent sur lui après avoir pris soin d'écarter sa massue, et, l'ayant attaché d'une chaîne de fer, ils le mettent sur un cheval et l'emmènent.

Or, lorsqu'ils eurent cheminé quelque temps, l'homme sauvage regarda Grisandole le sénéchal, se mit à rire, et comme celui-ci l'interrogeait, il lui cria :

– Créature dénaturée, forme muée, trompeuse en toutes choses, poignante comme taon venimeux, empoisonnante comme venin de serpent, tais-toi, car je ne te dirai rien devant que nous soyons en présence de l'empereur.

À quelque temps de là, ils passèrent près d'une abbaye, où une foule de gens attendaient l'aumône. L'homme sauvage, en les voyant, se reprit à rire. Mais quand Grisandole le requit doucement, au nom de Dieu, de lui enseigner pourquoi, il le regarda de travers et lui cria :

– Image fausse, décevante créature, piquante comme alêne, par quoi les hommes sont tués et affolés, rasoir plus tranchant et affilé que nulle arme, fontaine que rien n'épuise, tais-toi : je ne parlerai qu'en présence de l'empereur.

Enfin le sénéchal et l'homme sauvage comparurent devant Julius César, et celui-ci se préoccupa des moyens de faire bien et sûrement garder son prisonnier.

– Il n'est besoin de m'enchaîner, dit l'homme sauvage ; je jure que je ne m'en irai point sans congé. Mandez vos barons en conseil : devant eux j'expliquerai tout ce que vous voudrez.

Quatre jours plus tard, les barons assemblés, l'empereur fit asseoir l'homme sauvage à côté de lui. Mais celui-ci déclara qu'il ne dirait rien qu'en présence de l'emperière et de ses douze pucelles. À la vue de celles-ci, pourtant, il se mit à rire, puis il se tourna vers Grisandole et rit encore, puis vers l'empereur, puis vers sa femme, puis vers les barons, en riant toujours, aux éclats, et de plus en plus fort. À la fin, Julius César lui demanda s'il était fol.

– Sire, sire, répondit-il, si vous me jurez devant tous qu'il ne me sera fait nul mal et que je serai libre de me retirer quand j'aurai parlé, je vous dirai tout.

L'empereur le lui ayant promis sur sa foi, il reprit :

– Sire, la grande truie que vous vîtes en rêve, c'est votre femme, et les douze louveteaux qui la couvraient, ce sont ses douze pucelles. Faites-les dévêtir : vous verrez si elles sont bâties pour la servir.

L'empereur ébahi ordonna qu'on déshabillât sur-le-champ les demoiselles, et l'on remarqua qu'elles étaient garçons, à qui rien ne manquait. Alors Julius César fut si irrité qu'il demeura un moment sans pouvoir parler. Puis il demanda à ses barons quelle justice devait être faite, et les barons jugèrent que la femme devait être brûlée et les ribauds pendus ; ce qui fut exécuté sur-le-champ.

– Mais dites-moi, fit l'empereur à l'homme sauvage, pourquoi vous avez ri en regardant mon sénéchal, et devant l'abbaye, et quand la reine entra ici ce matin.

– Sire empereur, dit l'homme sauvage, la première fois j'ai ri parce qu'une femme m'avait pris par sa puissance et son adresse quand nul homme ne l'aurait su faire : car Grisandole est la plus belle et la meilleure femme et la plus pucelle de votre terre. La seconde, devant l'abbaye, c'était parce qu'un trésor se trouvait enfoui justement sous les pieds de ceux qui demandaient l'aumône. La troisième, c'était par dépit : car l'empérière qui avait le plus prud'homme de votre royaume se donnait chaque jour à douze ribauds. Mais n'en tenez point rancune aux autres femmes ; elles sont clairsemées, celles qui n'ont jamais trompé leur seigneur. C'est que la femme, eût-elle le meilleur des époux, pense toujours en avoir le pire. Voilà pourquoi j'ai ri, et maintenant je m'en irai si j'ai votre congé.

– Mais, dit l'empereur, comment tenir mon serment à l'égard de Grisandole si mon sénéchal est femme et pucelle ? J'ai juré d'octroyer ma fille et la moitié de mon royaume à qui vous amènerait à moi.

– Eh bien, beau sire, épousez votre sénéchal. Vous ne sauriez mieux faire.

Sur ce, l'homme sauvage prit congé. Toutefois, avant de partir, il écrivit en caractères hébreux sur le haut de la porte :

Sachent tous ceux qui ces lettres liront, que le grand cerf branchu qui fut chassé dans Rome, et que l'homme sauvage qui expliqua à l'empereur son rêve, ce fut Merlin, le premier conseiller du roi Artus de Bretagne.

Quelque temps plus tard vint un messager de l'empereur Adrian de Constantinople. Comme il se retirait, il jeta les yeux sur les lettres qu'avait tracées Merlin et les lut aisément à l'empereur. Mais, aussitôt que Julius César les connut, elles disparurent et l'on n'a jamais su ce qu'elles étaient devenues. Et c'est depuis ce temps que l'empereur de Rome fut jaloux du roi Artus.

XIII

Le conte dit maintenant que les rois Lot d'Orcanie, Agustan d'Écosse, Urien de Gorre, Ydier de Cornouaille, Nantre de Garlot, Carados Biébras, Tradelinan de Norgalles, Clarion de Northumberland, Brangore d'Estrangore, Belinant de Sorgalles, et le duc Escan de Cambenic, les princes défaits par Artus à Kerléon, avaient marché toute la nuit avec leurs gens en désordre, souffrant du froid et de la faim, les uns à cheval, les autres en litière parce qu'ils étaient trop blessés pour chevaucher.

Le lendemain, ils parvinrent en la ville de Sorhaut qui était au roi Urien de Gorre, et ils y demeurèrent quelque temps à se refaire et à soigner leurs malades et leurs blessés.

Ils n'y étaient encore que depuis peu, lorsqu'arrivèrent des messagers de Cornouaille et d'Orcanie qui leur contèrent que les Saines mécréants, profitant de leur absence, avaient envahi leurs terres, où ils ravageaient les campagnes, détruisaient les bourgs, les villes et les forts châteaux, mettaient tout à feu et à sang, et faisaient tant de dommages à tout le pays, que le cœur le plus dur et le plus félon ne pouvait se tenir d'avoir grand'pitié des dames et des pucelles qu'ils violaient et des enfants qu'ils leur tuaient entre les bras ; et quand le menu peuple se réfugiait en quelque cave ou souterrain, les Saines y boutaient le feu et les brûlaient. À cette nouvelle, il n'y eut aucun des rois, jusqu'au plus hardi, à qui la chair ne tremblât, car ils avaient perdu beaucoup de monde et ils ne pouvaient attendre aucun secours d'Artus. Tout ce que leurs forces leur permettaient, c'était de garnir les forteresses et les villes de manière à empêcher le ravitaillement des païens. Ils se résolurent à défendre de la sorte les marches de Garlot, de Gorre, de Cornouaille et d'Orcanie, qui étaient les premières menacées.

XIV

C'est ainsi que le roi Nantre vint avec trois cents fer-vêtus garnir sa cité de Huidesant. Il y fut reçu à grande joie, car déjà les Saines battaient la campagne alentour et l'on était fort inquiet. Sa femme, Blasine, était la fille du duc de Tintagel et d'Ygerne. Il en avait un fils de seize ans, qui était d'une grande beauté et qu'on nommait Galessin.

Un jour, le jouvenceau vint trouver sa mère et lui dit :

– Dame, n'êtes-vous pas la sœur de ce roi Artus qui est tant preux et bon chevalier, et qui a déconfit onze rois avec si peu de gens ?

La mère répondit :

– Beau doux fils, sachez qu'en effet il est mon frère et votre oncle, et parent de bien près à votre père par Uter Pendragon. Mais les barons de ce pays ne le voulaient point pour roi, encore que Notre Sire l'eût élu.

Et elle lui conta l'aventure du perron comme elle s'était passée.

– Eh bien, reprit Galessin, Dieu veuille que je ne meure avant que le roi Artus m'ait fait chevalier ! Car je ne le serai jamais que de sa main, et si je puis tant faire qu'il me ceigne l'épée, je ne me séparerai plus jamais de lui.

À l'insu de son père, il envoya un messager à son cousin Gauvain, pour lui faire part de son projet et lui donner rendez-vous à la Neuve Ferté de Broceliande, le troisième jour après Pâques.

XV

Comme le roi Nantre, le roi Lot s'en était allé en sa cité, qui avait nom Orcanie, et où on lui avait fait grande fête, à lui ainsi qu'à ses barons, parce que les coureurs saines se montraient aux environs. De la fille aînée du duc de Tintagel, il avait quatre fils nommés Gauvain, Agravain, Guerrehès et Gaheriet ; Mordret, le cinquième, qu'il croyait de lui, avait été engendré par Artus, voici comment.

Au temps, dit le conte, que les barons du royaume de Logres étaient assemblés à Carduel pour élire le successeur d'Uter Pendragon, Antor et ses deux fils, Keu et Artus, logeaient dans la même maison que le roi Lot. Celui-ci, apprenant qu'Antor et Keu étaient chevaliers, les pria à sa table, et il les fit coucher tous deux dans la salle, tandis qu'Artus les servait et avait son lit dans un coin, comme il convient à qui n'est encore qu'écuyer.

Or, il était joli valet et bien enjoué. Il s'éprit de la femme du roi Lot, qui était belle et grasse, mais qui ne semblait pas faire attention à lui. Une nuit pourtant que le roi était sorti secrètement, sans éveiller la reine, pour quelque affaire, Artus se coula hardiment dans la chambre de la dame, puis dans son lit ; mais là, il n'osa rien faire de plus. Comme il se tournait et retournait, la reine, à la façon d'une femme à demi endormie, le prit dans ses bras, croyant que c'était son seigneur ou peut-être feignant de le croire. Ainsi il eut d'elle son plaisir et il lui en donna beaucoup. Puis, dès qu'elle se fut rendormie, il se glissa doucement dehors.

Le lendemain, au manger, comme en la servant il restait à genoux un peu longuement, elle lui dit :

– Levez-vous, sire damoisel, c'est assez demeurer agenouillé.

– Ha ! dame, comment vous pourrais-je rendre grâce des bontés que vous avez eues !

– Et lesquelles ?

– Jurez sur votre foi que vous ne le direz à personne et qu'il ne n'adviendra par vous nul mal ni blâme.

Et quand elle eut juré, il lui conta comment il avait couché avec elle. La dame en eut grand'honte et rougit beaucoup ; mais personne n'apprit jamais d'elle leur aventure. Et ainsi Artus eut Mordret de sa sœur sans savoir qu'elle l'était.

Un jour donc, peu après le retour du roi Lot, son père, à Orcanie, Gauvain revenait de la chasse, vêtu d'une robe de bureau fourrée d'hermine, tenant les laisses de trois lévriers et tirant deux chiens couchants après lui. C'était un beau jouvenceau. Et il faut dire ici qu'il avait reçu un don singulier : car en se levant, le matin, il avait la force d'un bon chevalier ; à tierce, sa valeur doublait ; à midi, elle quadruplait ; puis elle redevenait ce qu'elle était au lever ; et à none, elle recommençait de croître jusqu'à minuit. Il entra dans la salle où sa mère était assise auprès d'un clair et grand feu qui flambait dans la cheminée. Et, en le voyant, elle se mit à soupirer.

– Dame, qu'avez-vous ? demanda le valet.

– Las ! beau doux fils, je vous vois, vous et vos frères, user le temps en folies, quand vous pourriez être déjà chevaliers à la cour du roi Artus, votre oncle. Les barons, qui devraient le servir et l'aimer, ne veulent par orgueil le reconnaître pour leur seigneur, et il paraît bien que cela ne plaît à Dieu, car ils y ont jusqu'ici plus perdu que gagné, et voilà maintenant les Saines en ce pays. Je vous le dis : vous êtes bien à blâmer de rester ici à faire courre des lévriers au lieu de chercher à mettre en paix votre père et votre oncle !

Ainsi parlait la dame parce qu'elle gardait en son cœur un tendre souvenir du valet devenu roi.

– Dame, dit Gauvain, par la foi que je vous dois, je n'aurai l'épée ceinte au côté ni le heaume lacé en tête, devant que le roi Artus m'ait fait chevalier !

À ce moment entraient ses trois frères, et quand ils surent pourquoi leur mère pleurait :

– Certes, Gauvinet, dit Agravain, vous êtes plus à blâmer que tout autre, car vous êtes notre aîné, et vous auriez dû nous mener déjà au roi Artus. Ici, nous ne faisons que nous amuser, et peut-être serons-nous pris comme oiseaux au piège, car les Saines ne sont pas loin.

Les quatre frères convinrent donc qu'ils partiraient dans la quinzaine et leur mère leur fit secrètement préparer des armes et des chevaux et appareiller tout leur harnais. Sur ce, arriva le messager de Galessin : joyeux de trouver que leur cousin avait eu la même idée qu'eux, ils furent le prendre au rendez-vous qu'il leur avait fixé dans la forêt de Broceliande ; et tous les cinq, sans le congé de leurs pères, ils se mirent en route de compagnie pour Londres en Bretagne, la maîtresse ville du royaume de Logres, bien armés, bien montés et bien accompagnés, comme il convient à des fils de roi.

XVI

C'était au début de mai, au temps nouvel, quand les oiseaux chantent clair et en paix, et que toute chose flambe de joie ; quand les bois et les vergers sont fleuris et que les prés reverdissent d'une herbe neuve et menue, tout entremêlée de fleurs qui ont suave odeur, et que les douces eaux reviennent en leurs lits, et que l'amour réjouit les pucelles et les valets, qui ont le cœur joli et gai pour la douceur du temps nouveau. Gauvain, Agravain, Guerrehès, Gaheriet, Galessin chevauchaient de bon matin sur leurs palefrois, comme damoiseaux jeunes et tendres qui veulent éviter la lourde chaleur de midi, chapeaux de fer en tête, toutefois, et l'épée à l'arçon, car le pays n'était point sûr ; et ils étaient suivis d'une troupe d'écuyers, tous jouvenceaux de première barbe, et de garçons à pied, menant leurs destriers couverts de fer et les sommiers chargés du bagage.

Galessin, qui était très amoureux, se mit tout à coup à chanter merveilleusement un air nouveau, et sa voix faisait retentir au loin les bois et les prés très plaisamment. Puis il pria Gaheriet de chanter avec lui. Et, quand ils furent las, il demanda à ses compagnons :

– Ores me dites, si vous teniez une belle pucelle, ce que vous en feriez.

– Qu'Agravain réponde d'abord, répliqua Guerrehès : il est mon aîné.

– Par Dieu, fit Agravain, si le cœur m'en disait, je lui ferais l'amour malgré qu'elle en eût.

– Par Dieu, fit Gaheriet, je n'agirais pas ainsi : je la mènerais en sûreté. Et vous, Guerrehès, qu'en feriez-vous ?

– J'en ferais m'amie, s'il lui plaisait, mais je ne la forcerais point, car le jeu ne serait pas beau, s'il ne lui agréait aussi bien qu'à moi.

– Gaheriet a dit le mieux et Agravain le pis, s'écria Gauvain, car celui qui la verrait attaquer, ne la devrait-il pas défendre à son pouvoir ?

Et Guerrehès a parlé en prud'homme, quand il a déclaré qu'il n'attendrait rien que d'amour et courtoisie ; ainsi ferais-je pour ma part.

– Dieu m'aide ! dit Agravain, il n'en coûterait pourtant à la demoiselle ni un membre, ni la vie.

– Non, mais l'honneur, dit Gauvain.

– Je ne donnerais pas un bouton d'un homme qui respecte une femme, dès qu'il la tient seul à seule : s'il la laisse aller, il n'en sera jamais aimé, et l'on ne fera que se moquer de lui, sans qu'il en soit plus prisé.

Comme ils devisaient ainsi, ils aperçurent au loin des fumées et un grand nuage de poussière, et bientôt ils rencontrèrent des paysans qui s'enfuyaient effrayés.

– C'est un parti de Saines, dirent les vilains. Ils emmènent des chevaliers prisonniers, les pieds liés sous le ventre de leurs propres chevaux, en les battant cruellement à coups de bâtons, et ils escortent un convoi de sommiers et de charrettes qui portent des vivres et du butin. Ils boutent le feu aux villages et tuent tout ce qu'ils rencontrent.

– Mais où est le roi Artus ? demandèrent les enfants.

– Il est parti pour le royaume de Carmélide depuis la mi-carême, après avoir bien garni les marches et les forteresses de sa terre.

– Aux armes, francs écuyers ! crièrent les damoiseaux sans en demander plus. Qui preux sera, on le verra !

Et pendant qu'ils descendaient de leurs palefrois et resanglaient leurs destriers, Gaheriet dit à son frère :

– Agravain, souvenez-vous d'être aussi terrible aux Saines que vous le fûtes aux pucelles ce matin.

– Et vous, Gaheriet, leur donnerez-vous trêve comme aux dames ?

– Sire, vous êtes mon aîné : quand nous en serons aux mains, faites du mieux que vous pourrez.

– Je serais bien couard si je ne faisais mieux que vous ! Et je compte aller en lieu où vous ne me suivriez qu'au prix d'un de vos membres.

Alors Gaheriet se mit à rire et lui dit sans se fâcher :

– Eh bien, allez devant !

Et après s'être fait connaître des paysans, les cinq damoiseaux se dirigèrent vers le convoi, suivis de leurs gens et d'un bon nombre de vilains armés.

Il était midi et il faisait grand chaud, si bien que la poussière du charroi empêchait les Saines de voir à un jet de pierre devant eux. Aussi plièrent-ils d'abord, surpris par la charge furieuse des enfants. Agravain, de son premier coup de lance, perce un paien et le jette mort. Gaheriet fait de même. Mais rien n'égale Gauvain qui brise et rompt tout comme carreau d'arbalète : de la hache qu'il tient en main, il pourfend ses adversaires jusqu'au séant. Et Guerrehès et Galessin l'aident de telle sorte que les Saines s'enfuient bientôt, criant que ce ne sont hommes, mais diables qui les attaquent, et maudissant le jour et l'heure où ils sont nés.

Et tandis que les enfants et leurs gens délivraient les captifs et rassemblaient le convoi, Gaheriet dit encore à Galessin :

— Demandez maintenant à mon frère Agravain s'il désire toujours de rencontrer une pucelle.

— Gaheriet, répondit Agravain en le regardant de travers, vous aviez moins envie de plaisanter, tout à l'heure, dans la mêlée.

— Mais vous-même, si la plus belle femme de la terre vous eût alors prié d'amour, vous ne lui eussiez dit mot pour rien au monde, il me semble.

Là-dessus Agravain furieux s'empare d'un tronçon de lance et frappe Gaheriet sur le heaume jusqu'à ce que le bois vole en pièces ; en vain s'efforce-t-on de le retenir. Et son cadet ne lui rend pas les coups !

— Si vous le touchez encore, malheur à vous ! s'écrie Gauvain.

Agravain de dégaîner aussitôt : il décharge un tel revers sur le heaume de son frère que des étincelles en jaillissent. Mais Gaheriet, encore, ne riposte pas à son aîné.

— Vous êtes trop orgueilleux, ribaud ! crie Gauvain.

Et du pommeau de son épée il frappe Agravain sur l'oreille si rudement qu'il le fait tomber de son cheval tout étourdi. Puis, tandis que Galessin s'empresse auprès de la victime et l'aide à se remettre en selle :

— Maintenant, rassemblez les sommiers, commande-t-il aux valets.

XVII

Ainsi s'en vont les cinq damoiseaux avec leurs gens, menant le convoi pris aux Saines ; et leur humeur n'est plus à chanter et deviser. Comme ils chevauchaient silencieusement à travers un bois, ils aperçurent un écuyer qui paraissait fuir, monté sur un grand et fort cheval, et portant en travers de sa selle un berceau :

– Seigneurs, leur cria l'homme, en nom Dieu, sauvez cet enfant !

Et il leur expliqua qu'il était à leur père, le roi Lot. Inquiet de voir menacée par les Saines sa maîtresse cité dont les murs croulaient en maints endroits, celui-ci s'était résolu à mettre en sûreté sa femme et son dernier fils, le petit Mordret, dans sa forteresse de Glocedon. Il était sorti de la ville avec eux, dans la nuit, par une poterne, escorté de quelques chevaliers. Mais ils venaient de rencontrer un gros parti de Saines qui les avait déconfits.

– Demeure dans ce bois avec ces sommiers et nos garçons, dit Gauvain à l'écuyer, et n'en sors point avant que d'avoir de nos nouvelles.

En débouchant du bois, ils virent au loin le roi Lot qui s'enfuyait avec ce qui lui restait de gens, rudement poursuivi par les païens. Et, plus près, une belle dame, tout échevelée, que deux Saines tiraient par ses tresses derrière leurs chevaux, quand sa longue robe la faisait trébucher et l'empêchait de marcher au pas de leurs montures.

– Dame Sainte Marie, mère de Dieu, secourez-moi ! criait-elle.

Et chaque fois qu'elle disait : « Sainte Marie », l'un des païens la frappait si brutalement de son gant de fer sur la face, qu'il la jetait à terre. Parfois, elle demeurait comme pâmée sur le sol ; alors le mécréant la prenait et la plaçait en travers de sa selle ; mais aussitôt elle se laissait couler a bas du cheval, criant comme femme qu'on blesse :

– Que ne suis-je morte ! Jamais je ne vous céderai !

Ce que voyant, le Saine recommençait de la traîner par les cheveux. Et elle était tellement enrouée qu'à peine pouvait-elle encore appeler au secours.

Reconnaissant sa mère, Gauvain sentit son cœur se serrer au point que pour un peu plus il en eût perdu le sens.

– Mécréant ! cria-t-il en brochant des éperons tant rudement que le sang jaillit des flancs de son destrier, ah ! traître ! Saine ! laissez cette dame ! Jamais, en nul jour de votre vie, vous n'avez commis folie qui vous doive coûter si cher !

Déjà, suivi des siens, il était sur les païens, qui tous deux furent tués avant d'avoir pu se reconnaître. Et les quatre frères sautaient de leurs chevaux sur le cadavre du ravisseur de la reine, et l'un lui coupait la tête, l'autre lui tranchait les deux bras, l'autre lui fichait son épée dans le corps, l'autre le frappait à coups d'estoc. Puis ils coururent à leur mère, pleurant à chaudes larmes et tordant leurs poings, si bien qu'en ouvrant les yeux elle se vit entre les bras de Gauvain, entourée de ses enfants. Alors, ayant rendu grâce à Notre Seigneur :

– Beaux fils, Gauvain, dit-elle, ne pleurez pas, car je ne suis que blessée. Hélas ! si je n'avais perdu mon fils Mordret et votre père, mon seigneur, qui a combattu presque seul contre cinquante païens, durant plus de temps qu'il n'en faudrait pour faire une demi-lieue à pieds !

Longtemps je l'ai supplié de s'enfuir. Les couteaux et les javelots semblaient pleuvoir du ciel sur lui.

– Dame, dit Gauvain, du roi notre père nous n'avons nouvelles ; mais Mordret est sauvé.

À ces mots, la reine jeta un soupir et de nouveau pâma. Quand ses couleurs reparurent, Gauvain lui lava doucement le visage qu'elle avait tout souillé de sang. Puis on lui fit une litière entre deux palefrois, qu'on garnit d'herbe fraîche et où on l'étendit. Après quoi, en compagnie de leurs gens et de l'écuyer qui portait l'enfant Mordret, les cinq damoiseaux menèrent la reine et le butin pris aux Saines dans la ville de Logres, en Bretagne, qui était à quatre lieues de là. Et ils furent reçus à grande joie et ne tardèrent pas de s'y faire aimer pour leur grande prud'homie. Mais maintenant le conte laisse ce propos et devise du roi Artus et de ses quarante compagnons.

XVIII

Lorsqu'ils arrivèrent à Carohaise en Carmélide, le roi Léodagan était en conseil dans son palais avec ses barons. Ils se présentèrent en se tenant tous par la main, et saluèrent le roi l'un après l'autre. Puis le roi Ban, qui savait très bien discourir, déclara qu'ils venaient offrir leurs services à condition qu'on ne leur demandât point leurs noms ; et Léodagan les ayant acceptés, ils allèrent, conduits par Merlin, se loger chez un vavasseur appelé Blaire, riche et prud'homme, dont la femme, bonne à Dieu et au siècle, se nommait Lionelle.

Ils n'étaient pas arrivés depuis une semaine que l'armée ennemie parut devant Carohaise. Le conseiller de Rome Ponce Antoine, qui était un très bon et preux chevalier, menait les Romains, le duc Frolle les Allemands, et le roi Claudas les gens de la Terre Déserte. C'était un mardi soir, 30 avril. Dès que les guetteurs aperçurent au loin les premiers coureurs ennemis et la fumée des incendies, on ferma les portes et tout le monde courut aux armes. Les chevaliers de Léodagan se formèrent sous l'enseigne du roi, d'azur à trois bandes d'or, que portait le sénéchal Cléodalis, Artus et ses bons compagnons se rassemblèrent autour de la bannière de Merlin ; on y voyait un petit dragon à queue longue et tortue, qui semblait lancer des flammes et dont on eût cru que la langue bougeait sans cesse dans la gueule béante.

Cependant les premiers coureurs ennemis arrivaient au bord du fossé. Ils lancèrent insolemment leurs javelots contre la porte ; puis ils firent tourner leurs chevaux et s'occupèrent à rassembler les bestiaux abandonnés dans les champs par les paysans.

Lorsqu'il vit cela, Merlin, suivi de sa compagnie, se fraya un passage jusqu'à la porte.

– Ouvre, et laisse-nous sortir, commanda-t-il au portier.

– Pas avant d'avoir reçu l'ordre du roi.

– Ouvre, ou malheur à toi !

Et il pose la main sur le fléau, le soulève, écarte les battants aussi aisément que s'ils n'eussent été clos par une bonne serrure, fait tomber le pont en le poussant rudement, et sort avec les siens ; après quoi le pont se relève de lui-même, la porte se referme toute seule, le pêne tourne sans aide et le fléau retombe de son propre mouvement.

Cependant, les quarante et un compagnons se jetaient sur une troupe d'Allemands qui emmenaient du bétail et la dispersaient ; puis ils s'occupaient à grouper les bêtes pour les ramener vers la cité. Mais, à la sonnerie des timbres, des cors, des buccines et des tambours, les Allemands se rassemblèrent rapidement, et bientôt toute l'armée du duc Frolle galopa sur Artus et les siens.

– Sainte Marie Notre Dame, priez votre cher Fils qu'il nous aide et soutienne ! Poignez, francs chevaliers ! Ores on verra qui preux sera !

Ayant dit, Merlin donne un coup de sifflet : aussitôt une rafale de vent soulève un immense tourbillon de poussière, à l'abri duquel, lâchant le frein et piquant des deux, les compagnons se précipitent sur les ennemis aveuglés et en font un terrible carnage. À cette vue, Léodagan fait à son tour sortir en rase campagne ses chevaliers en deux corps, l'un sous ses ordres, l'autre sous ceux du sénéchal Cléodalis. Mais il est rudement reçu par les gens du roi Claudas de la Déserte et de Ponce Antoine ; les lances se heurtent, les épées frappent les heaumes et les écus, et le bruit du combat devient tel qu'on n'eût point entendu Dieu tonner : les habitants de la ville en étaient tout assourdis.

Or, il arriva que les gens de Léodagan furent enfoncés par ceux de la Déserte, et que le roi fut renversé de son cheval et pris. Merlin le sut dans le même instant, à l'autre bout du champ de bataille.

– À moi, francs chevaliers ! cria-t-il en levant son enseigne flamboyante.

Et les quarante compagnons se rassemblent derrière lui au grand galop. Ils fondent comme une tempête sur les chevaliers qui emmenaient le roi, les tuent ou les dispersent et délivrent Léodagan ; puis, après lui avoir donné de nouvelles armes et un destrier, ils repartent à toute allure derrière leur porte-enseigne, sur leurs chevaux dégouttant de sueur ; s'élancent à la rescousse de Cléodalis qui avait fort à faire contre les Romains ; abattent de leur premier choc tout ce qu'ils trouvent devant eux, et se mettent à frapper comme charpentiers sur poutres.

Ponce Antoine, qui était un des plus preux chevaliers du monde, ne put souffrir de les voir ainsi travailler : il rassembla ses meilleurs hommes et chargea avec eux au milieu de la mêlée. À nouveau les chevaliers de Cléodalis plièrent et déjà plusieurs des compagnons de Merlin étaient renversés. Mais le roi Artus jura de s'essayer au Romain qui bataillait de la sorte. Il fut prendre de ses écuyers une nouvelle lance, roide, à fer tranchant, et revint au galop.

– Sire, lui cria le roi Ban, que voulez-vous faire ? Vous êtes trop jeune et trop petit pour jouter contre un si grand diable. Laissez-moi aller, qui suis votre aîné, et plus fort, et plus haut.

– Je ne saurais jamais ce que je vaux, repartit le roi, si je ne m'essayais contre un chacun.

Et il pique des deux si rudement que le sang sort des flancs de son destrier ; sous les fers du cheval le sol résonne et les pierres volent comme grêle. Le Romain s'adresse à sa rencontre ; mais Artus lui transperce l'écu, le haubert et le corps, de manière que le fer et une brasse au moins du bois de sa lance passent outre l'échine : et Ponce Antoine tombe mort. Alors le roi tire sa bonne épée Escalibor dont il fait merveilles, coupant, bras, poings et têtes. Ah ! le beau damoisel ! À le voir, la fille du roi Léodagan, les dames, les pucelles, qui regardaient le combat sur le mur de la ville, tendent leurs mains vers le ciel en priant Notre Seigneur et en pleurant de pitié pour le rude travail d'armes qu'il souffre, si jeune encore et si petit.

Cependant, le roi Ban de Benoïc, qui était très grand et large d'épaules, cherchait partout son ennemi mortel le roi Claudas de la Déserte. Midi était déjà passé lorsqu'il l'aperçut au milieu de sa gent : aussitôt il se précipite droit sur lui, renversant tout au passage ; déjà il lève à deux mains son épée : le roi Claudas jette son écu à la parade, mais le coup s'abat si rudement qu'il tranche l'écu, l'arçon et le cheval entre les deux épaules. Et le roi Ban allait faire passer son destrier sur son adversaire gisant et le fouler rudement, lorsqu'il vit à quelque distance Bretel, la cuisse prise sous son cheval abattu et qu'Ulfin défendait de son mieux : il s'élance à leur secours, mais la presse se referme sur eux ; bientôt sa monture et celle d'Ulfin sont tuées : les trois chevaliers se placent dos à dos et se défendent durement. Hélas ! ils sont bien aventurés, au milieu des ennemis, et peu s'en faut qu'il n'advienne un dommage qui ne sera jamais réparé !

À ce moment, Merlin, qui savait toutes choses, appela le roi Artus et le roi Bohor, et leur apprit ce qui se passait.

– Ah ! sire, s'écria Bohor, si mon frère était tué, de ma vie je ne connaîtrais plus la joie !

– Suivez-moi, dit Merlin.

Et le dragon qu'il tenait à la main se mit à jeter par la gueule des brandons de feu, si bien que tout l'air en devint vermeil et que les bannières des ennemis s'enflammèrent. Derrière lui, à travers la mêlée, les Bretons avançaient comme une vaste nef, laissant dans son sillage une double rangée de chevaliers tombés et de destriers fuyants, les rênes traînant entre leurs pieds. Enfin ils parvinrent au roi Ban et aux siens qui, à pied, leurs heaumes décerclés leur tombant sur les yeux, leurs écus brisés, leurs hauberts rompus et démaillés, se défendaient encore derrière un monceau de chevaux tués, et, tenant et deux poings leurs épées, frappaient furieusement ceux qui tentaient de les approcher. Quand il voit son frère en cet état, le roi Bohor s'appuie sur ses deux étriers si rudement, que le fer en plie, il broche des éperons, il vole sur les gens de Claudas, bruissant comme un alérion, il les heurte d'un tel élan que leurs rangs en tremblent ; de son épée toute souillée de sang et de cervelle, il tranche au premier qu'il rencontre la tête près de l'oreille, l'épaule gauche, tout le corps jusqu'à la ceinture ; au second il découvre le foie et le poumon. Et Artus et ses compagnons l'imitent, si bien que Ban, Bretel et Ulfin, dégagés, rajustent leurs heaumes, s'arment de nouveaux écus, et, montant sur des chevaux pris au passage, ils se rejettent dans la mêlée.

En selle sur un haut destrier très fort et très allant, le duc Frolle avait fait tout le jour un grand massacre des gens de Léodagan. Quand il vit que les Romains et les hommes du roi Claudas lâchaient pied et que sa gent commençait de plier, il prit à deux mains sa masse de cuivre, qu'un homme ordinaire aurait eu peine à soulever, et il se mit, grand et puissant comme il était, à asséner de tels coups qu'autour de lui le sang coulait en ruisseau. Pourtant, lorsque son enseigne eut été abattue, à ce coup, ceux qui l'entouraient, eux-mêmes se mirent à fuir et il comprit qu'il lui fallait battre en retraite, s'il ne voulait être pris. Bien dolent, il tourna bride et si éloigna, solitaire, au galop de son grand destrier.

Les compagnons de Merlin et les chevaliers de Carmélide étaient si occupés à pourchasser les ennemis débandés qu'ils ne l'aperçurent pas. Seul, le roi Artus se mit à sa poursuite.

Il l'atteignit dans une obscure vallée, creusée entre deux bois. Le soleil déclinait à cette heure et toute sa clarté était éteinte par les montagnes qui s'élevaient de chaque côté de ce val profond.

– Géant félon, cria Artus, retournez-vous ou vous êtes mort ! Voyez qu'un seul homme vous poursuit !

Le duc d'Allemagne eut grand dépit quand il connut que le chevalier qui le menaçait ainsi n'était qu'un enfant au prix de lui. Il fit tourner son cheval et s'élança, sa masse à la main, couvert de son bouclier fait d'un dos d'olifant. Au premier choc, Artus de sa lance lui traverse l'épaule ; pourtant le géant ne bouge pas plus qu'un rocher et lève sa masse pour riposter ; mais Artus esquive le coup en portant son cheval en avant, si roidement que les deux montures se heurtent et tombent. Frolle, qui était beaucoup plus fort et puissant, mais plus lourd, ayant quarante-deux ans, était encore à terre, que déjà son jeune adversaire lui courait sus. Escalibor fulgurait au-dessus de son heaume ; pour parer le coup, Frolle oppose sa masse : elle est tranchée. Alors il dégaine son épée. C'était une des bonnes lames du monde, celle-là même dont Hercule se servit quand il mena Jason en l'île de Colchide pour conquérir la toison d'or ; et elle avait nom Marmiadoise. Dès qu'elle fut hors du fourreau, elle répandit une si grande clarté que tout le pays en fut illuminé : et Artus, en la voyant flamboyer ainsi, recula d'un pas pour mieux la considérer.

– Sire chevalier, dit le géant, je ne sais qui vous êtes, mais vous avez de la hardiesse, puisque vous avez osé me poursuivre tout seul. Pour cela, je vous ferai grâce : baillez-moi vos armes, et je vous laisserai aller.

– Vous-même, répondit le roi Artus rougissant de dépit, mettez bas cette épée et rendez vous à merci ; et sachez que le fils du roi Uter Pendragon ne vous assure que de la mort.

– Es-tu le roi Artus ? Apprends donc que je me nomme Frolle et que je suis duc d'Allemagne. Je tiens tout le pays jusqu'à la terre des Pâtures ; et plus loin elle m'appartiendrait encore, si l'on pouvait y passer, mais on ne saurait à cause d'une statue que Judas mit la en guise de borne et pour marquer jusqu'où s'étendirent ses conquêtes. On la nomme la Laide Semblance : les anciens disent que, sitôt ôtée, les aventures du royaume de Logres cesseront ; mais celui qui la voit en prend aussitôt la monstrueuse figure. Et maintenant, fils d'Uter Pendragon, sache que je fais serment de ne plus connaître le goût du pain et du vin tant que je te saurai vivant.

Il dit, et se jette sur Artus ; mais celui-ci l'évite et riposte à l'œil droit ; si son épée ne lui eût tourné dans la main, le géant eût été tué. Frolle sent son sang couler sur sa joue : furieux, il court droit sur Artus pour le saisir, mais celui-ci recule en se défendant à grands coups d'Escalibor. Et voici que six chevaliers romains apparaissent sur la pente de la montagne, galopant en tempête, poursuivis par Ban, Bohor et Nascien. À la vue des Bretons, le duc Frolle revient à son destrier ; déjà il l'enfourche, lorsque le roi Artus l'atteint et lui décharge un si grand coup sur le bras que le géant laisse choir son épée et, tout étourdi, s'incline sur l'arçon. Mais le cheval, qui était le plus grand et le meilleur du monde, saute, tout effrayé du choc, et emporte à travers la sombre forêt le duc mugissant comme un taureau.

La nuit était venue. Ban et Bohor demandèrent au roi Artus s'il n'avait point de mal.

– Au contraire, répondit le roi, car j'ai fait aujourd'hui une conquête que je ne changerais pas pour la plus riche cité du monde.

Et, après avoir nettoyé soigneusement Escalibor du sang dont elle était souillée, il la remit au fourreau et ramassa l'épée du géant qui étincelait comme un diamant dans l'ombre. Puis les trois rois, en compagnie de Nascien, reprirent le chemin de Carohaise.

XIX

Quand ils y arrivèrent, ils trouvèrent la ville en fête à cause de la déconfiture des ennemis. Et le roi Léodogan leur fit, à eux et à leurs compagnons, le plus bel accueil qu'il put.

Par son ordre, quand ils furent désarmés, sa fille Guenièvre vint elle-même, vêtue des plus riches habits qu'elle eut, présenter aux trois rois l'eau chaude dans un bassin d'argent. Elle leur lava de sa main le visage et le cou, et les essuya très doucement d'une serviette blanche et bien ouvrée ; puis elle leur mit à chacun un manteau au col ; et, quand elle vit ainsi le roi Artus, elle pensa que la dame qu'un si beau et si bon chevalier requerrait d'amour serait heureuse. Et lui, de son côté, il la regardait très tendrement, car elle était la plus belle femme qui fût alors en la Bretagne bleue : sous sa couronne d'or et de pierreries, son visage était frais et justement coloré de blanc et de vermeil ; quant à son corps, il n'était ni trop gras ni trop maigre, les épaules droites et polies, les flancs étroits, les hanches basses, les pieds blancs et voûtés, les bras longs et gros, les mains blanches et grassettes : c'était une joie. Mais, si en elle était la beauté, davantage encore s'y trouvaient bonté, largesse, courtoisie, sens, valeur, douceur et débonnaireté.

Quand le manger fut prêt, on mit les tables et les chevaliers prirent place. Le roi Bohor et le roi Ban firent asseoir le roi Artus entre eux, par honneur, et Léodagan remarqua cela. « Ce doit être leur seigneur, pensa-t-il. Plût à Dieu qu'il épousât ma fille ! Car tant de chevalerie ne saurait se trouver qu'en un haut homme. »

Cependant Guenièvre offrait le vin à Artus dans la coupe du roi, et tandis qu'elle la lui tendait, agenouillée devant lui, il regardait ses seins durs comme pommelettes et sa chair plus blanche que neige nouvelle, et il la convoitait si fort qu'il oubliait le boire et le manger. Il tourna légèrement son siège pour que ses voisins n'en vissent rien, mais Guenièvre s'en aperçut très bien.

– Sire damoisel, buvez, lui dit-elle, et ne m'en veuillez point si je ne vous appelle par votre nom, car je l'ignore. Ne soyez point distrait à table, car vous ne l'êtes point aux armes, comme il y parut assez aujourd'hui.

Alors il prit la coupe et but. Puis il la pria de s'asseoir en disant qu'elle avait été trop longtemps à genoux. Mais Léodagan ne le voulut souffrir.

Lorsque les nappes furent ôtées, le bon roi vint se placer à côté de Ban, qui lui dit :

– Sire, je m'étonne que vous n'ayez pas encore marié votre fille à quelque haut homme, car elle est très gente pucelle et sage, et vous n'avez d'autre enfant à qui votre terre puisse échoir après votre mort ; vous devriez déjà vous être pourvu.

– Voire, sire, répondit Léodagan ; mais la guerre m'a empêché ; il y a sept ans que le roi Claudas de la Déserte ne cesse de me guerroyer. Certes, si Dieu voulait que je trouvasse quelque prud'homme qui pût me défendre, je lui donnerais ma fille et toute ma terre après moi, et je ne regarderais ni au lignage, ni au rang.

En l'entendant, Merlin sourit et fit un signe au roi Bohor. Mais il se mirent à parler d'autre chose, et Léodagan ne put retourner leurs paroles et ramener ce sujet de conversation.

XX

Les tables levées, Merlin prit à part les trois rois, ses compagnons, et leur demanda s'il voulaient savoir ce qui se passait en Bretagne.

– Certes, répondit le roi Artus, s'il vous plaisait de nous le dire.

Alors Merlin leur conta comment Gauvain, Agravain, Guerrehès, Gaheriet et leur cousin Galessin avaient quitté leur pères, les rois Lot et Nantre, sans en avoir congé ; et comment, après avoir défait les Saines, ils se tenaient présentement à Logres et gardaient vaillamment le royaume contre les païens. Puis comment Yvain le Grand, fils du roi Urien de Gorre et d'une sœur d'Artus, et Yvain, son frère, qu'on appelait l'avoutre parce qu'il était le bâtard du roi Urien et de la femme de son sénéchal, avaient juré comme leurs cousins qu'ils ne seraient chevaliers que de la main d'Artus, et s'étaient mis en route secrètement pour les rejoindre à Logres. Puis comment Dodinel le Sauvage avait suivi l'exemple des deux Yvain ; et ce Dodinel, qui avait quatorze ans, était le fils du roi Belinant de Sorgalles et le cousin de Galessin par sa mère, Églante, fille du roi de l'Île Perdue et sœur du roi Nantre ; et on l'avait surnommé le Sauvage parce qu'il chassait avec plus d'ardeur et de passion que nul autre homme les sangliers, les cerfs et les daims dans les forêts. Puis comment Keu d'Estraux et son neveu Keheddin le Beau, qui étaient vassaux du roi Brangore d'Estrangore, et plusieurs autres preux et hardis damoiseaux, fils de rois, de comtes et de ducs, s'étaient rendu auprès de Gauvain, souhaitant comme lui de recevoir leurs armes d'Artus.

Sachez que l'histoire du perron merveilleux et de la défaite des onze rois à Kerléon avait tant couru par toutes terres et pays qu'elle était venue jusques en la cité de Constantinople. La vivait Sagremor, petit neveu de l'empereur et fils du premier lit de la femme au roi Brangore d'Estrangore, laquelle avait épousé en premières noces le roi de Blasque et de Hongrie. C'était le plus bel enfant du monde, le plus fort et le mieux taillé, et il n'avait guère plus de quinze ans. Quand il eut ouï parler des prouesses du roi Artus de Bretagne, Sagremor jura qu'il ne serait armé chevalier que par lui. Si bien que l'empereur Adrian de Constantinople fit appareiller une nef qui le conduisit à Douvres, et de là Sagremor gagna Logres, passant à travers l'armée des Saines grâce au secours que lui donnèrent les enfants du roi Lot, du roi Urien, du roi Belinant et les autres damoiseaux, Et comment il le fit, Merlin le conta à Artus, à Ban et à Bohor.

– Sachez maintenant que vous aurez encore assez de besogne, ajouta-t-il, car les Saines mécréants font rude guerre au royaume de Logres. Le roi Rion les mène, qui défit vingt-cinq rois couronnés. De leurs barbes, il a fourré son manteau, et il a juré d'avoir les vôtres. Les païens sont si nombreux qu'à peine les saurait-on compter. Ils ravagent les terres des onze princes rebelles, qui tiennent péniblement contre eux dans leurs châteaux.

– Bel ami, dit Ban de Benoïc, prenez pitié de leurs fiefs, car je sais bien que, si vous leur manquez, ils perdront tout, et ce sera au grand dommage du royaume de Logres.

– Ils ne seront pas détruits, dit Merlin.

Là-dessus, il disparut.

XXI

Il s'en fut en la forêt de Brocéliande, qui était la plus agréable du monde, haute, sonore, belle à chasser et pleine de biches, de cerfs et de daims.

Là vivait un vavasseur, nommé Dyonas, qui était filleul de Diane, la déesse des bois. Avant de mourir, elle lui avait accordé pour don, au nom du dieu de la lune et des étoiles, que sa première fille serait tant désirée par le plus sage des hommes, que celui-ci lui serait soumis dès qu'il l'aurait vue et lui apprendrait sa science par force de nigromancie. Dvonas engendra une fille qu'il appela Viviane en chaldéen, ce qui signifie en français : Rien n'en ferai. Et Viviane, qui avait alors douze ans d'âge, venait souvent jouer et se divertir dans la forêt.

Un jour qu'elle était assise au bord d'une fontaine claire dont les graviers luisaient comme de l'argent fin, Merlin vint à passer sous la semblance d'un très beau jouvenceau. Dès qu'il la vit, il l'admira si fort qu'il ne put que la saluer sans mot dire. « Je serais bien fol, pensait-il cependant (car il savait toutes choses), si je m'endormais dans le péché et si je perdais toute liberté pour avoir le déduit d'une pucelle et la honnir en offensant Dieu. » Mais elle lui dit comme une fille sage et bien apprise :

– Que Celui qui connaît toutes nos pensées vous envoie telle volonté et tel courage, que bien vous fasse !

Et, à l'instant qu'il entendit sa voix, Merlin s'assit au bord de la fontaine :

– Ha ! demoiselle, qui êtes-vous ?

– Je suis de ce pays et fille au vavasseur qui demeure en ce manoir. Et vous, beau sire ?

– Je suis un valet errant, qui vais quérant le maître qui m'apprenait son métier.

– Et quel métier ?

– Par exemple, à soulever un château, fut-il entouré de gens qui lui donnassent l'assaut et plein de gens qui le défendissent ; ou bien à marcher sur cet étang sans y mouiller mon pied ; à faire courir une rivière où jamais on n'en aurait vu ; et beaucoup d'autres choses, car on ne saurait proposer rien que je ne fisse.

– C'est un très beau métier, dit la pucelle, et je voudrais bien voir quelque chose de tout cela ; vous suffirait-il, pour la peine, que je fusse toujours votre amie, sans mal ni vilenie ?

– Ha ! demoiselle, vous me semblez si douce que je vous montrerai une partie de mes jeux, à condition que j'aie votre amour sans vous demander plus.

Et, quand elle le lui eut juré sur sa foi, il prit une baguette et en traça un cercle, puis se rassit auprès de la fontaine. Et, au bout d'un instant, Viviane vit sortir de la forêt une foule de dames et de chevaliers, de pucelles et d'écuyers, qui tous se tenaient par la main et chantaient si doucement et agréablement que c'était merveille de les entendre. Ils vinrent se placer autour du cercle que Merlin avait dessiné, puis des danseurs et des danseuses commencèrent à danser des caroles non pareilles, au son des tambours et instruments. Cependant un fort château se dressait tout auprès, avec un verger dont les fleurs et les fruits répandaient toutes les bonnes odeurs de l'univers. Viviane était émerveillée et si aise de regarder ces choses qu'elle ne trouvait pas un mot à dire ; ce qui seulement l'ennuyait un peu, c'était de ne comprendre que le refrain de la chanson, qui était :

Voirement sont amor
A joie commencées
Et finent à dolor.

La fête se prolongea de none jusqu'à vêpres ; et quand les caroles eurent assez duré, les dames et les demoiselles s'assirent dans leurs beaux habits sur l'herbe fraîche, tandis que les écuyers et les jeunes chevaliers allaient jouter à la quintaine dans le verger.

– Que vous en semble, demoiselle ? dit Merlin. Me tiendrez-vous votre serment ?

– Beau doux ami, de cœur je suis toute vôtre ; mais vous ne m'avez encore rien enseigné.

– Je vous dirai de mes jeux, répondit Merlin, et vous les mettrez en écrit, car vous savez de lettres.

– Mais qui vous a dit cela ?

– Mon maître m'a si bien appris !

Tandis qu'ils causaient ainsi, les dames et les pucelles s'en allaient en dansant vers la forêt avec leurs chevaliers et leurs écuyers, et à mesure que les couples arrivaient sous les arbres, ils s'évanouissaient ; à son tour, le château disparut ; mais le verger demeura à la prière de Viviane, et fut appelé Repaire de joie et liesse.

– Belle, dit Merlin, hélas ! je dois partir !

– Comment ? Ne m'apprendrez-vous aucun de vos jeux ?

– Il y faut loisir et séjour. Et je veux que vous promettiez en échange que vous vous donnerez vous-même à mon plaisir.

La pucelle réfléchit un peu et dit :

– Sire, je le ferai après que vous m'aurez enseigné tout ce que je voudrai savoir.

Il lui apprit sur-le-champ à faire couler une rivière où il lui plairait, et quelques autres jeux légers, dont elle écrivit les mots sur un parchemin, ce qu'elle savait très bien faire. Puis il prit congé en lui promettant de revenir la veille de la Saint-Jean. Et il retourna en Carmélide où les trois rois furent bien joyeux de le revoir.

XXII

– Beaux seigneurs, leur dit un jour le roi Léodagan, sachez que je vous aime de plus grand amour que vous ne pensez, et ainsi dois-je faire puisque vous m'avez donné mon royaume et ma vie. Ne me direz-vous pas qui vous êtes ? il n'est chose au monde que je désire autant.

Les trois rois regardèrent Merlin. En les voyant ainsi hésiter, Léodagan fut si troublé que les larmes lui montèrent du cœur aux yeux et couvrirent son visage. Aussi en eurent-ils grand, pitié ; ils le firent asseoir sur un lit à côté d'eux, et Merlin lui dit en lui montrant Artus :

– Sire, voici notre damoisel, et sachez que, tout roi couronné que vous êtes, il est plus haut homme que vous. Nous allons par le monde, cherchant aventure et espérant de lui trouver une femme.

– Ah ! pourquoi chercher ? répondit Léodagan. J'ai la fille la plus belle, la plus sage, la mieux apprise qui soit !

– Elle ne sera refusée, s'il plaît à Dieu, dit Merlin.

Grande fut la joie de Léodagan en l'entendant parler ainsi. Sur-le-champ, il fut quérir Guenièvre et l'amena par la main dans la chambre ; puis il y fit entrer tous les chevaliers qui étaient au château, et prononça à haute voix :

– Gentil damoisel que je ne sais encore nommer, recevez ma fille pour femme, avec tout ce qu'elle aura d'honneur et de biens après ma mort. Je ne la pourrais donner à un plus prud'homme.

– Grand merci ! dit Artus.

Léodagan lui mit la main de Guenièvre dans la main, et l'évêque de

Carohaise bénit leurs fiançailles.

– Sire, dit alors Merlin, sachez, vous et tous ceux qui sont ici, que vous avez donné votre fille au roi Artus de Bretagne, fils d'Uter Pendragon. Vous, ainsi que tous les vôtres, lui devez hommage. Et ces deux prud'hommes sont frères germains et rois couronnés : l'un est Ban de Benoïc, l'autre Bohor de Gannes. Et tous ces autres compagnons sont fils de rois et de reines, ou de comtes, ou de châtelains.

À ces mots, la joie de Léodagan et des assistants fut telle qu'il n'y en eut jamais de pareille. Tous firent hommage au roi Artus. Après quoi on s'assit au manger et le roi Léodagan songea que maintenant Notre Sire pouvait faire de lui sa volonté, puisque sa terre et sa fille étaient assignées au plus prud'homme de l'univers.

XXIII

Deux jours passèrent de la sorte, après quoi Léodagan demanda quand aurait lieu le mariage.

– Sire, dit Merlin, auparavant nous faut-il achever une autre besogne au royaume de Logres.

Et il lui expliqua comment les Saines ravageaient les terres du roi Artus et assiégeaient ses vassaux rebelles.

– Faites donc votre devoir, dit Léodagan.

Et il fut résolu qu'Artus et ses compagnons partiraient dès le lendemain, avec une petite armée.

Au matin, Guenièvre vint aider son fiancé à s'armer : elle lui ceignit elle-même l'épée au côté, puis elle s'agenouilla pour lui chausser ses éperons. En la voyant si bien occupée à servir le roi, Merlin se mit à rire.

– Sire, dit-il, vous voilà nouveau chevalier, et il ne vous faut plus qu'une chose pour que vous puissiez dire, en partant d'ici, que c'est une fille de roi qui vous a adoubé.

– Et qu'est-ce, sire, qu'il me faut ?

– C'est, dit Merlin, le baiser.

– En nom Dieu, dit Guenièvre, je ne m'en ferai pas prier.

À ces mots, le roi courut à la pucelle, et ils s'embrassèrent et s'accolèrent comme jeunes gens qui s'aiment. Puis, s'étant couvert le chef d'un heaume que Guenièvre lui avait donné, Artus monta à cheval, et sa troupe se mit en marche au petit pas, lances basses et gonfanons ployés.

XXIV

Ils arrivèrent au Val Périlleux, que l'on appela plus tard Val Sans Retour, quand Morgane l'eut enchanté de telle façon que nul chevalier n'y pût entrer sans s'y trouver retenu à danser, chanter et festoyer dans la plus agréable compagnie du monde ; et cela jusqu'à ce que vînt un fils de roi, qui n'eût jamais faussé ses amours et qui fût le meilleur chevalier de son temps.

Là, Merlin conduisit Artus à un trésor que le roi fit déterrer et qu'il envoya à Logres par tonneaux dans des charrettes. Et, dessous un chêne très vieux, on découvrit aussi, dans un coffre, quinze épées précieuses, admirablement trempées.

Artus et ses chevaliers, suivis des garçons qui menaient les sommiers portant le bagage, chevauchaient en armes tout le jour, car le pays était infesté de Saines. Un soir, comme il avait fait très chaud, ils se reposaient au frais sur l'herbe verte, à l'ombre des arbres, lorsqu'ils virent venir à eux une troupe de damoiseaux, tous beaux et bien vêtus, qui se tenaient par la main, et qui demandèrent aux premiers chevaliers qu'ils rencontrèrent où était le roi Artus.

– Voyez-le ci, mes enfants, entouré de ses prud'hommes, sous ce chêne, répondit Nascien. C'est le plus jeune d'eux tous.

Aussitôt les jouvenceaux furent devant le roi s'agenouiller.

– Sire, dit le plus grand, je viens à vous, avec mes frères et nos cousins et parents, comme à notre seigneur lige. Nous souhaitons tous de recevoir de vous l'ordre de chevalerie, et si cela vous agrée, nous vous servirons à toujours loyalement et fidèlement. Durant votre absence, ceux-ci ont défendu votre terre contre vos ennemis, comme si elle était leur, et ils ont souffert pour cela d'assez grandes peines ; si je veux que vous le sachiez, c'est qu'on peut dire à un prud'homme ce qu'on a fait pour lui, tandis qu'à un mauvais, c'est inutile : il n'en a point de gré.

Quand le roi Artus entendit le damoisel parler si sagement, il le prit par la main et le fit lever ainsi que les autres ; puis il lui demanda qui ils étaient.

– Sire, on m'appelle Gauvain et je suis fils du roi d'Orcanie, et ceux-ci sont mes frères Agravain, Guerrehès et Gaheriet. Ce petit gros est notre cousin Galessin, fils du roi Nantre de Garlot. Voici les deux Yvain, fils du roi Urien de Gorre. Ce grand et vigoureux damoisel est Dodinel, fils du roi Belinant de Norgalles. Et les autres sont gentilshommes, car voici Keu d'Estraux et Keheddin le Petit qui sont au roi d'Estrangore, et Yvain aux Blanches Mains, Yvain le Clain, Yvain de Rinel, Yvain de Lionel qui appartiennent au roi Lot, mon père, et qui sont fils de comtes. Celui-là, au visage souriant, qui est si bien bâti, c'est Sagremor, neveu de l'empereur de Constantinople ; il est venu de sa terre lointaine pour recevoir ses armes de vous et, s'il veut, nous serons compagnons, lui et moi, tant qu'il lui plaira de rester en ce pays.

Le roi Artus fit grand accueil aux enfants et embrassa Gauvain.

– Beau neveu, lui dit-il, je vous octroie la charge de connétable de mon hôtel.

Et il l'investit par son gant gauche.

XXV

Quelques jours après ils arrivèrent à Logres de compagnie. Le soir même, Artus commanda aux enfants d'aller veiller à l'église. Et le roi Ban et le roi Bohor voulurent veiller avec eux.

Au sortir de la messe, le roi prit Escalibor, la bonne épée qu'il avait jadis ôtée du perron, et la pendit au flanc gauche de Gauvain ; puis il lui chaussa l'éperon droit, tandis que le roi Ban lui bouclait le gauche ; enfin il lui donna la colée. Il adouba de même les autres damoiseaux, et il leur distribua les épées qu'on avait trouvées sous le chêne, dans le Val Périlleux. Seul, Sagremor ne voulut d'autres armes que celles de son pays, et garda une bonne épée que son aïeul Adrian lui avait donnée. Puis chacun des nouveaux chevaliers adouba à son tour les gens de sa maison. Enfin tout le monde entendit la messe chantée par l'archevêque de Brice, et s'assit au festin qui suivit. Mais le roi ne voulut point permettre la moindre joute pour ce que, dit-il, la chrétienté et le royaume avaient trop grand besoin du bras de tous.

XXVI

Le lendemain, Merlin vint au roi Artus.

– Sire, lui dit-il, vous savez que, de par l'Ennemi qui m'engendra, je connais les choses allées, faites et dites. Notre Sire Dieu, qui est tant doux et débonnaire, m'a octroyé de savoir également les choses à venir, et par là j'ai échappé aux diables qui me voulaient tenir. Je vous révélerai donc ce que Dieu veut que vous fassiez.

« Au temps que Notre Sire était de ce monde, ceux de Rome avaient mis au pays de Judée un bailli du nom de Pilate. Ce Pilate avait à son service un chevalier appelé Joseph d'Arimathie, qui était connétable de sa maison et qui, ayant rencontré Jésus-Christ en plusieurs lieux, l'aima de tout son cœur, mais sans oser l'avouer à cause des autres juifs. Car Notre Sire avait beaucoup d'ennemis et peu de disciples ; encore, parmi ceux-ci, s'en trouvait-il un, Judas, qui était moins bon qu'il eût fallu ; et les autres ne l'aimaient guère, car il n'était pas bien gracieux ; ni lui ne les aimait davantage.

« Judas était sénéchal de la maison de Jésus-Christ, et, à ce titre, il avait droit certains jours à la dîme du revenu de Notre Seigneur. Or, un de ces jours-là justement, Madame Sainte Marie se mit à oindre de parfum les cheveux de son Fils. Judas en fut très courroucé, car il calcula que cet onguent valait bien trois cents deniers et que par conséquent Madame Sainte Marie lui faisait tort de trente. Pour les recouvrer, il résolut de s'aboucher aux ennemis de Dieu.

« Sept jours avant la Pâque, ceux-ci s'assemblèrent chez un homme qui s'appelait Caïphas pour examiner comment ils pourraient se saisir de Jésus-Christ. À ce conseil Judas se rendit. En le voyant, ceux qui étaient là se turent ou changèrent de propos, car ils le croyaient très bon disciple ; mais il leur dit que, s'ils voulaient, il leur vendrait Notre Seigneur pour trente deniers. Ils répondirent qu'ils l'achèteraient volontiers et, comme l'un d'eux avait les trente deniers, il paya. Alors Judas leur expliqua comment ils pourraient prendre son Maître, et il leur recommanda de ne pas le confondre avec Jacques qui lui ressemblait beaucoup, pour ce qu'il était son cousin germain.

« – Mais, sire, comment reconnaîtrons-nous Jésus-Christ ? dirent-ils.

« Il répondit :

« – Celui que je baiserai, saisissez-le.

« Or Joseph d'Arimathie était à ce conseil, si bien qu'il entendit ces paroles et toute l'affaire, et il s'en chagrina très fort.

« Le jeudi suivant, Notre Sire Jésus-Christ vint chez Simon le lépreux avec Monseigneur Saint Jean Évangéliste, et, quand ils y furent, Judas le fit savoir aux ennemis de Dieu qui se précipitèrent à grande force dans la maison. Alors le félon baisa Jésus-Christ et, tandis que les méchants le saisissaient, il s'écria :

« – Tenez-le bien, car il est très fort !

« Ainsi fut pris Notre Sire. Le lendemain, les juifs le menèrent devant le bailli ; mais ils ne purent trouver nulle bonne raison pour établir qu'il devait recevoir la mort.

« – Que répondrai-je, leur dit Pilate, si messire Tiberius, l'empereur de Rome, me demande de justifier la mort de Jésus ?

« – Sur nous et sur nos enfants soit répandu son sang ! s'écrièrent les juifs.

« Alors Pilate demanda de l'eau pour se laver les mains et, comme il n'y avait pas de vase, un juif lui donna une écuelle qu'il avait prise dans la maison de Simon le lépreux et qui était celle justement où Notre Sire avait mangé et fait son sacrement le jour de la Cène.

« Quand Joseph d'Arimathie eut appris la mort de Jésus-Christ, il fut très triste. Il vint à Pilate et lui dit :

« – Sire, je t'ai servi longuement, moi et mes chevaliers, et jamais tu ne m'as rien donné pour ma solde.

« – Joseph, demandez et je vous donnerai ce que vous voudrez.

« – Grand merci, sire. Je demande le corps du prophète qu'ils ont supplicié à tort.

« – Je pensais que vous me demanderiez davantage, dit Pilate. Je vous donnerai ce corps bien volontiers.

« – Sire, cent mille mercis !

« Joseph voulut donc prendre le corps sur la croix ; mais les juifs qui le gardaient refusèrent de le livrer, disant :

« – Vous ne l'aurez point, car ses disciples ont assuré qu'il ressusciterait, et autant de fois ; ressuscitera-t-il, autant le tuerons-nous.

« Joseph revint conter à Pilate ce que les juifs lui avaient répondu. Le bailli en fut très courroucé : il appela un homme à lui, nommé Nichodemus, et lui commanda d'aller avec Joseph ; puis, se ressouvenant du vase que le juif lui avait donné, il dit à son chevalier :

« – Joseph, vous aimiez beaucoup ce prophète ? J'ai un vase qu'un juif, qui l'avait pris dans la maison de Simon, m'a remis. Je vous en fais don en souvenir de ce Jésus.

« Joseph fut content et remercia fort. Il alla avec Nicodème emprunter à un artisan des tenailles et un marteau ; puis tous deux déclouèrent le corps de Notre Sauveur malgré les juifs. Joseph le prit entre ses bras, le descendit à terre, le lava et, voyant les plaies qui saignaient, il recueillit dans le vase que Pilate lui avait donné le sang qui coulait du côté, des pieds et des mains. Enfin il enveloppa le corps dans un riche drap qu'il avait acheté et l'ensevelit sous une pierre qu'il avait fait appareiller pour sa propre tombe.

« Cependant les juifs étaient en grand courroux contre Joseph et Nicodème ; et lorsqu'ils apprirent que Jésus-Christ était ressuscité, ils tinrent conseil et décidèrent de s'emparer d'eux, la nuit, pour les mettre en un lieu tel qu'on n'en entendit plus jamais parler. Nicodème avait des amis qui l'avertirent, de sorte qu'il put s'enfuir ; mais Joseph fut pris, et ils le murèrent dans un pilier de la maison de Caïphas, qui semblait massif, mais qui était creux. Et quand Pilate vit qu'il avait disparu, il fut dolent, car il n'avait pas d'aussi bon ami, ni de plus loyal chevalier, et qui l'aimât davantage.

« Mais Celui pour qui Joseph souffrait ainsi ne l'oublia pas ; il vint à lui à travers le pilier. Quand Joseph vit la Clarté, il si émerveilla et demanda :

« – Qui êtes vous ? Vous êtes si clair que je ne vous puis voir.

« – Or, entends bien ce que je te dirai, répondit la Clarté. Je suis Jésus-Christ, fils de Dieu, qui ai voulu naître de la vierge Marie, parce qu'il fallait que le monde qui avait été perdu par une femme fût par une femme sauvé. Et voici le précieux vase qui contient mon sang.

« Ce disant, Notre Sire montra à Joseph l'écuelle que celui-ci, pourtant, croyait avoir cachée en un lieu que personne ne connaissait.

« – Tu dois conserver ce vaisseau au nom du Père, du Fils et du Saint-Esprit, dit Notre Sire, et après toi ceux à qui tu l'auras confié. Et ta solde et récompense seront que jamais on n'offrira le sacrifice sans que ton œuvre soit rappelée : car le calice signifiera le vase où tu recueillis mon sang ; la patène posée sur lui, la pierre dont tu couvris mon corps ; le corporal, le suaire dont tu m'enveloppas. Et je ne te ferai pas maintenant sortir d'ici ; mais ne crains rien, car tu ne mourras pas dans cette prison et tu en seras délivré sans mal ni douleur ; et jusque-là tu verras toujours cette clarté et tu seras toujours en ma compagnie.

« Les apôtres et ceux qui firent les Écritures ne disent rien de ces paroles ni de la prison de Joseph d'Arimathie parce qu'ils en avaient seulement entendu parler et qu'ils ne voulurent rien mettre en écrit qu'ils n'eussent vu et ouï. Mais tout cela est écrit au grand livre du Graal.

XXVII

Or, dans le temps que Jésus-Christ fut crucifié, Tiberius César tenait l'empire de Rome, et il le tint bien encore dix ans après. Ensuite vint Gaius, son fils, qui vécut sept ans. Puis Claudius, qui régna quatorze ans ; puis Titus. À la troisième année du règne de Titus, son fils Vespasianus tomba malade d'une lèpre si puante que ceux mêmes qui l'aimaient le plus n'en pouvaient supporter l'odeur, et qu'on le mit en une chambre de pierre où on lui donnait à manger par une petite fenêtre, au bout d'une pelle. Son père en avait grand deuil et promit qu'il accorderait à celui qui guérirait Vespasianus tout ce qu'il souhaiterait.

« Ainsi vint à lui un chevalier de Capharnaüm qui avait été en Judée au temps où Notre Sire était encore de ce monde. Et il dit à l'empereur :

« – Sire, moi aussi j'ai été malade en ma jeunesse, mais il y avait alors, outre-mer, en la terre de Judée, un homme que l'on appelait le bon prophète, et qui faisait marcher les infirmes et rallumait les yeux des aveugles.

« Quand l'empereur entendit cela, il envoya des lettres scellées au bailli de Judée, qui était alors Félix, et celui-ci fit crier par tout le pays que, si quelqu'un avait un objet que Jésus eût touché, il l'apportât. Une vieille femme, nommée Vérone, se présenta devant lui :

« – Sire, dit-elle, le jour que l'on menait le saint prophète au supplice, comme je passais près de lui portant une pièce de toile, il me pria d'essuyer son visage qui dégouttait de sueur, et je lui enveloppai le chef de ma toile et le lui séchai. Et quand, plus tard, je la regardai, je vis que sa face y était restée portraite.

« Ce disant, elle lui remit le linge, et Félix aperçut que le visage de Jésus-Christ s'y voyait aussi nettement que s'il y eût été nouvellement peint

« – Grand, merci, douce dame, dit-il à la vieille.

« Et il l'envoya à Home sans tarder, où l'empereur la reçut très bien. Lorsque Titus eut la toile entre les mains, il s'inclina trois fois, malgré lui, dont ceux qui étaient là s'émerveillèrent ; puis il porta le linge dans la chambre où son fils était emmuré. Et, sitôt qu'il eut vu la semblance de Notre Seigneur, que l'on appela plus tard la Véronique, Vespasianus se trouva aussi sain de corps que s'il n'eût jamais été souffrant.

« Alors il partit pour la Judée où il fit occire tant de juifs que je n'en sais le compte. Quand elle apprit cela, la femme de Joseph d'Arimathie vint lui conter comment son mari avait disparu. Mais Vespasianus avait beau brûler des juifs, ceux-ci ne voulaient rien dire. À la fin, pourtant, il y en eut un qui confessa la vérité et qui le mena devant le pilier. Le fils de l'empereur s'y fit descendre lui-même, par une corde, et il y trouva Joseph au milieu de la plus grande clarté du monde, qui lui dit tranquillement :

« – Bien venu sois-tu, Vespasianus !

« – Qui es-tu, toi qui me nommes ?

« – Je suis Joseph d'Arimathie.

« – Et qui t'apprit mon nom ?

« – Celui qui sait toutes choses, Celui qui t'a guéri. Si tu voulais, je t'enseignerais à Le connaître et à croire en Lui.

« Vespasianus consentit, et Joseph lui conta comment, au temps de l'empereur Augustin César, il advint que Dieu envoya son ange à une pucelle qui avait nom Marie, à qui il annonça qu'elle serait enceinte sans péché du Fils de Dieu ; et comment elle répondit : Notre Sire fasse de moi sa volonté comme de sa chambrière ! » et comment, étant venue à son terme, elle enfanta un beau valet qui eut nom Jésus-Christ ; et comment il fut mis en croix et ressuscité. Si bien que Vespasianus fut converti. Aussi, en sortant du pilier avec Joseph, il se mit à vendre à tous ceux qui en voulurent des juifs à raison de trente pour un denier.

« En voyant Joseph vivant, et plus jeune de corps qu'au jour de sa réclusion, trente ans plus tôt, tout le monde s'émerveilla ; et lui, il s'étonnait de leur étonnement, car il lui semblait que sa prison n'avait duré que du vendredi au dimanche. Sa femme accourut pour le baiser : il la regarda curieusement, parce qu'il la trouvait vraiment fort changée. La nuit il entendit une voix qui lui commandait de se faire baptiser, puis de partir avec sa femme, ses fils et tous ses parents, sans prendre ni or, ni argent, ni chaussure, ni rien autre que sa sainte écuelle. Et, en effet, dès le lendemain, il manda les siens et les convertit ; puis il s'en fut avec eux, emportant le vase très précieux dans une arche qu'il leur avait ordonné de construire, vers de lointaines terres qu'il convertit à Jésus-Christ.

XXVIII

« Un soir, il arriva dans une cité que l'on appelait Sarras ; de là sont sortis les Sarrasins : car il ne faut pas croire ceux qui prétendent qu'ils sont issus de Sarah, la femme d'Abraham. En cette ville régnait un roi nommé Evalac le Méconnu. Joseph fut arrêté et conduit devant lui ; mais, ayant demandé de lui parler en particulier, il lui dit :

« – Le Dieu des chrétiens te mande de te rappeler qui tu es et d'où tu es parti pour arriver à cette hautesse où tu te trouves. Tu penses que nul ne connaît ton lignage, mais je sais que tu es né à Meaux en France et que ton père était un pauvre savetier. Et je sais aussi, par la grâce du Haut Maître à qui rien n'est celé, que tu gardes à côté de ta chambre, dans une cachette dont nul homme mortel ne pourrait trouver l'entrée, une statue de bois en forme de la plus belle femme qu'on ait jamais vue ; et chaque nuit tu la couches auprès de toi, et tu honnis la reine ta femme au moyen de cette vaine image. »

« À ces mots, le roi Evalac fut si émerveillé qu'il voulut connaître la vraie Vérité de Dieu, et Joseph l'instruisit ; puis, après avoir fait brûler l'idole dont le roi était épris, il baptisa Evalac sous le nom de Mordrain ; et de même le duc Séraphe, beau-frère du roi, sous le nom de Nascien. Et, la nuit de ce jour, il vit Notre Sire lui-même sacrer évêque son fils aîné, Josephé.

« Le lendemain, l'évêque Josephé, fils de Joseph, entra dans le temple de Sarras. Il s'approcha d'une idole païenne qui était sur l'autel et lui fit le signe de la vraie croix sur la face, puis il la conjura tant, que le diable qui s'y trouvait commença de crier qu'il s'en irait volontiers, mais qu'il ne le pouvait par la bouche à cause du signe de croix.

« – Va-t'en par le bas ! ordonna Josephé.

« Et, au moment que l'Ennemi sortait par là, il lui jeta sa ceinture autour du cou ; puis il le traîna de force par la ville.

« Le diable hurla si haut que tous les bourgeois et les artisans accoururent. Josephé, alors, défit sa ceinture et, prenant le démon par les cheveux, il lui ordonna d'avouer qui il était : l'autre confessa qu'il avait nom Aselaphas, et qu'il avait pour mission de capter les gens en leur donnant des nouvelles fausses. Aussitôt ceux de la ville qui entendirent ces paroles coururent au baptême, et le roi Mordrain fit crier un ban ordonnant que tous ceux qui ne voudraient se faire chrétiens eussent à déguerpir de sa terre. Et ainsi fut converti le royaume de Sarras au service de Jésus-Christ.

« Le jour suivant, Joseph d'Arimathie, avec son fils Josephé et les siens, se remit en route, emportant sa sainte écuelle. Une nuit d'hiver qu'il était couché avec sa femme, qui était bonne à Dieu et au siècle, et louée de tout le monde, il entendit une voix lui ordonner de la connaître charnellement.

« – Je suis prêt à exécuter le commandement de Dieu, dit Joseph, mais je suis si vieux et si faible que je ne sais comment je le pourrai.

« – Ne te trouble pas, reprit la voix, car il le faut.

« Alors Joseph connut sa femme, et ainsi engendra-t-il Alain le gros, qui fut gardien du Graal.

« Le lendemain, il reprit sa route avec les siens sous la conduite de Notre Seigneur, et il alla tant qu'un samedi soir il parvint au bord de la mer. La nuit était claire et la lune luisait sur les flots cois et paisibles. L'évêque Josephé se mit en prières ; puis il commanda tout d'abord à ceux qui portaient l'arche contenant la sainte écuelle d'avancer hardiment, et ils se mirent à marcher sur la mer avec autant d'aisance que s'ils eussent été sur terre. Ensuite Josephé retira sa chemise qu'il étendit sur l'eau où elle n'enfonça point ; il dit à son père de poser le pied dessus, puis il appela l'un après l'autre tous ses parents, au nombre de cent cinquante, en les invitant à faire de même : et la toile s'agrandit de façon à les porter tous. Alors Josephé et son père Joseph prirent chacun une manche et la chemise se mit à voguer sur la mer derrière les porteurs de l'arche, jusqu'à ce qu'ils parvinssent en Bretagne la bleue. Or, bien loin d'éprouver aucune crainte durant ce long voyage, ils sentirent une béatitude singulière qui leur venait de l'écuelle contenant le précieux sang de Jésus-Christ. Aussi, l'on nomma désormais ce vase Graal ou Gréal, à cause de la grâce qu'il répandait, et pour ce qu'il ne fut jamais personne qui l'eût approché d'un cœur pur sans le prendre à gré.

XXIX

« Cependant, une nuit que Nascien reposait en son lit dans la cité de Sarras, une grande main vermeille l'enleva dans les airs et, bientôt après, le déposa tout pâmé dans l'Île Tournoyante. Et je vous dirai pourquoi cette île était ainsi nommée, car il y a des gens qui commencent une chose et qui n'en savent venir à fin, mais je ne veux rien avancer que je n'explique.

« Au commencement de toutes choses les quatre éléments étaient confondus. Le Créateur les divisa : aussitôt le feu et l'air, qui sont tout clarté et légèreté, montèrent au ciel, tandis que l'eau et surtout la terre, qui n'est qu'un pesant amoncellement d'ordures, tombaient en bas. Mais, d'avoir été si longtemps amalgamés, il ne se pouvait que les quatre éléments ne se fussent réciproquement passé un peu de leurs propriétés contraires. De façon que, lorsque le Souverain Père, qui est fontaine de netteté et de sagesse, eut nettoyé l'air pur et le feu clair, luisant et chaleureux de toute chose terrienne, et la froide eau et la lourde terre de toute chose céleste, les résidus formèrent une sorte de masse ou de fumée, trop pesante pour s'élever avec l'air, trop légère pour rester à terre, trop humide pour se confondre au feu, trop sèche pour se joindre à l'eau ; et cette masse se mit à flotter par l'univers, jusqu'à ce qu'elle arrivât au-dessus de la mer d'Occident, entre l'île Onagrine et le port aux Tigres. Il y a là, dedans la terre, une immense quantité d'aimant dont la force en attira et retint les parties ferrugineuses, mais sans être assez puissante pour en empêcher les parties de feu et d'air d'entraîner la masse vers le ciel : de façon qu'elle demeura à la surface de l'eau. D'autre part elle se mit à pivoter sur elle-même selon le mouvement du firmament auquel elle appartenait par ses parties ignées. Si bien que les gens du pays l'appelèrent île, parce qu'elle était au milieu de la mer, et Tournoyante parce qu'elle virait ainsi. C'est là que fut déposé Nascien évanoui.

« Quand il reprit son droit sens, il ne vit autour de lui que le ciel et l'eau, car ni herbe ni arbre ne pouvait croître, ni bête durer sur cette matière. Alors il se mit à genoux, tourné vers l'Orient, et pria Notre Seigneur ; et, quand il se releva, il vit approcher sur la mer une nef très haute et riche, qui bientôt accosta l'île. Après avoir levé la main et fait le signe de la vraie croix, il y entra : nul homme mortel ne s'y trouvait ; il n'y vit qu'un lit magnifique, sur le chevet duquel gisait, à demi dégainée, l'épée la plus belle et précieuse qui ait jamais été, à cela près que les renges ou attaches par lesquelles on devait en accrocher le fourreau au ceinturon semblaient d'une vile et pauvre matière comme est l'étoupe de chanvre, si faibles d'ailleurs qu'elles n'auraient pu supporter une heure le poids de l'arme ; en outre des lettres gravées sur la lame avertissaient que, seul, pourrait la tirer sans danger le meilleur chevalier de tous les temps, et que les renges seraient changées un jour par une femme vierge.

« Autour du lit étaient plantés trois fuseaux de bois, dont l'un était blanc comme neige neigée, le second vermeil comme sang naturel et le troisième vert comme émeraude ; or, c'étaient là leurs couleurs propres, sans nulle peinture artificielle. Et pour ce que vous pourriez douter de cette merveille, je vous dirai la vérité sur ces trois fuseaux, cette épée et cette nef.

XXX

« Quand Ève la pécheresse écouta le conseil de l'Ennemi et cueillit le fruit défendu, elle arracha de l'arbre, en même temps que lui, le rameau auquel il tenait. Son époux Adam prit la pomme et il laissa le rameau aux mains de sa femme qui le garda sans y penser. Or, sitôt qu'ils eurent mangé du fruit mortel à leur grand détriment et au nôtre, l'homme et la femme connurent qu'ils étaient nus, et Adam se couvrit de ses mains et Ève du rameau.

« Alors Celui qui devine toutes les pensées les appela. Il parla en premier lieu à Adam, parce que l'homme était plus coupable, sa femme étant de faible complexion et faite de sa côte, et il lui dit la parole douloureuse : Tu mangeras ton pain en sueur ; mais il ne voulut pas que la femme fût quitte puisqu'elle avait pris part au méfait, et il lui dit : En tristesse et douleur tu enfanteras. Puis il les bouta tous deux hors de son paradis.

« Ève tenait toujours le rameau feuillu : elle résolut de le garder en souvenir de l'arbre d'où son malheur était venu, et, comme il n'y avait en ce temps ni huche ni coffre où elle le pût mettre, elle le piqua en terre. Mais, là, ce rameau s'enracina et, par la volonté du Créateur, il crût si dru qu'en peu de temps il devint un grand et bel arbre, blanc comme neige de tige, de branches, de feuilles et d'écorce. Et ainsi était-il pour signifier qu'Eve était chaste lorsqu'elle le planta. Et il semblait leur dire :

« Ne désespérez point parce que vous avez perdu votre héritage, car vous ne l'avez pas perdu pour toujours. »

« Adam et Eve furent réconfortés par la vue de ce bel arbre couleur de neige, et ils le firent multiplier, car ils en détachèrent des rameaux qu'ils plantèrent et qui poussèrent tout blancs comme le premier. Et ainsi se forma un bois sous lequel ils allaient volontiers pour se reposer.

« Un vendredi qu'ils y étaient assis, une voix leur commanda de s'unir charnellement. Mais, en l'entendant, l'homme et la femme furent pleins de honte, car ils ne purent souffrir la pensée de se voir l'un l'autre en une œuvre si vilaine. Or la volonté de Dieu était d'établir la lignée humaine et de réformer ainsi la dixième légion des anges qui avaient trébuché du ciel par orgueil, et elle ne pouvait être détournée ; mais Notre Sire eut pitié d'Adam et d'Ève qui se regardaient, pleins de vergogne et de confusion : il les couvrit de ténèbres, et ainsi Abel le juste fut engendré.

« Aussitôt que la chose fut faite, l'obscurité se dissipa, et l'homme et la femme remarquèrent que le premier arbre, blanc naguère, était devenu vert comme l'herbe des prés ; et de ce jour il commença de fleurir et fructifier, ce qu'il n'avait pas encore fait ; et ainsi devint-il en souvenir de la semence semée dessous lui en bonne pensée et amour du Créateur. Tous ceux qui naquirent de lui désormais furent semblables à lui. Mais ceux qui en étaient nés auparavant demeurèrent blancs, et sans fleurs ni fruits.

« Il en alla de la sorte jusqu'au temps qu'Abel le débonnaire fut devenu grand, et que son frère Caïn commença de l'envier et de le haïr. Un jour qu'Abel avait conduit ses brebis près de l'arbre de vie, il fut s'abriter du soleil ardent à l'ombre des branches vertes, et s'y endormit. Il entendit pourtant venir son frère et se leva en lui souhaitant la bienvenue, car il l'aimait de grand amour. Caïn lui rendit son salut et lui dit de se rasseoir, mais, comme Abel se penchait, il le frappa d'une mâchoire d'âne si rudement qu'il le décervela. Ainsi Abel reçut la mort au lieu même où il avait été conçu, et ce fut également un vendredi. Et il arriva une grande merveille, car, du moment qu'il eut été tué, l'arbre de vie devint vermeil en souvenir du sang qui avait été répandu sous ses branches. Et désormais il n'y eut pas d'arbre plus bel et délicieux à regarder ; mais il ne porta plus ni fleur ni fruit, et ses rameaux moururent quand on les planta en terre.

XXXI

« Il passa le déluge sans dommage, ainsi que tous les arbres blancs et verts qui étaient nés de lui ; ils étaient encore tous en grande beauté au temps où Salomon régna après le roi David son père. Dieu avait donné à ce Salomon tous sens et discrétion : il connaissait les vertus des pierres précieuses, les forces des herbes, le cours du firmament et des étoiles, et tout ce qu'un homme mortel peut savoir ; néanmoins il fut séduit par la beauté d'une femme au point de faire une foule de choses contre Dieu. Pourtant cette femme le trompait et le honnissait de son mieux, et jamais il ne put s'en garder : dont il ne faut pas s'émerveiller, car, lorsqu'une femme veut employer son cœur et sa tête à ruser, nul homme ne saurait lui résister. Et c'est pourquoi Salomon a écrit en son livre qu'on appelle Paraboles : « J'ai fait le tour du monde et j'ai cherché de mon mieux : je n'ai pas trouvé une bonne femme. »

« Le soir même qu'il eut écrit cela, il entendit une voix qui lui disait :

« – Salomon, n'aie pas ainsi les femmes en mépris. C'est notre première mère qui apporta le chagrin à l'homme ; mais c'est une autre mère qui lui procurera une joie plus grande que n'a été son chagrin : ainsi une femme amendera ce qu'une femme a fait. Et c'est de ton lignage qu'elle sortira. »

« Salomon se mit à réfléchir et à scruter les divins secrets et les Écritures, de façon qu'il devina la venue de la glorieuse Vierge qui enfanta le Fils de Dieu. Mais, une nuit, la Voix se remit ai parler et elle lui dit :

« – Cette débonnaire et bienheureuse Vierge ne sera pas la fin de ton lignage. Le dernier qui en naîtra sera un chevalier qui passera en bonté et valeur tous ceux qui l'auront précédé et qui le suivront, autant que le soleil passe la lune et que la prouesse du chevalier Josué passe à cette heure celle de tous les gens d'armes. »

« Salomon fut très joyeux de cette nouvelle ; néanmoins il regretta fort qu'il ne pût lui être donné de voir ce chevalier si preux qui devait sortir de sa lignée. Au moins, il eût aimé de lui faire connaître qu'il avait deviné sa venue, mais il eut beau chercher, il ne trouva aucun moyen pour cela. Alors il songea que la femme qu'il aimait était beaucoup plus subtile et rusée qu'aucun homme et il se dit que, si quelqu'un pouvait le conseiller, c'était elle : si bien qu'il lui découvrit toute sa pensée. Elle réfléchit quelque temps, puis elle dit :

« – Sire, j'ai trouvé comment le dernier chevalier de votre lignage pourra apprendre que vous avez prévu sa venue. Mandez tous les charpentiers de votre royaume et ordonnez leur de construire une nef d'un bois qui ne puisse pourrir avant quatre mille ans. Puis vous prendrez dans le temple que vous avez fait élever en l'honneur de Jésus Christ l'épée de votre père, le roi David. Vous en séparerez la lame, qui est la plus tranchante et la mieux forgée qui ait jamais été, et, grâce à votre science de la force des herbes et de la vertu des gemmes, vous munirez cette lame d'un fourreau sans pair, d'une poignée non pareille et d'un pommeau fait de pierreries diverses, mais si subtilement composé qu'il paraisse d'une seule gemme. Je mettrai à cette épée des renges de chanvre, si faibles qu'elles ne pourront que rompre sous son poids. Mais, s'il plaît à Dieu, une demoiselle les remplacera par d'autres qui seront belles et riches au point que ce sera merveille de les voir. De la sorte, cette pucelle réparera ce que j'aurai mal atourné en cette épée, comme la Vierge qui est à venir amendera le méfait de notre première mère. »

« Ainsi fut fait, et, six mois plus tard, le navire était construit. L'épée y fut posée sur un lit magnifique ; mais la dame déclara qu'il manquait encore quelque chose. Elle commanda aux charpentiers d'aller couper dans l'arbre de vie et dans ceux qui en étaient issus un fuseau rouge, un fuseau blanc et un fuseau vert. Et aux premiers coups de coignée qu'ils donnèrent, ils virent les arbres saigner, dont ils furent très épouvantés ; mais la dame exigea qu'ils achevassent leur besogne. Et les fuseaux furent plantés sur les côtés du lit ; puis Salomon grava sur la lame et le fourreau les lettres qui interdisaient de dégainer l'épée à tout chevalier qui ne serait pas le meilleur des meilleurs ; enfin il glissa sous le chevet un bref où il expliquait la signifiance de la nef et de tout, et qui commençait ainsi :

« Ô chevalier, qui seras le dernier de mon lignage, si tu veux être en paix, garde-toi des femmes sur toute chose. Si tu les crois, ni sens, ni prouesse, ni chevalerie ne te garantiront d'être honni.

Quand tout fut achevé de la sorte, on mit la nef à l'eau. Et bientôt la brise en frappa les voiles, et en peu d'heures l'éloigna de la rive et l'emporta vers la haute mer. Et personne ne la vit plus avant Nascien.

XXXII

« Or, tandis qu'il s'émerveillait à regarder sur la nef de Salomon le lit, les fuseaux et l'épée, un grand vent s'était levé, qui devint tôt une tempête félonne et cruelle, si bien que la nef se trouva emportée à toute vitesse au milieu de la mer furieuse. La tourmente dura huit jours, durant lesquels Nascien ne vit terre de près ni de loin et pensa que le navire allait chavirer sens dessus dessous ; pourtant il ne cessa d'adorer Dieu, de manière qu'il ne sentit ni la faim ni la soif. Le neuvième, la mer redevint coite et paisible, et Nascien s'endormit. Il crut voir en songe un homme vêtu de rouge, qui l'appelait :

« – Nascien, sache que jamais tu ne reviendras plus en ton pays et que tu resteras, et tes enfants après toi, dans la terre d'Occident où tu vas. Quand trois cents ans se seront écoulés, le dernier homme de ton lignage remontera dans la nef de ton ancêtre Salomon pour rapporter à Sarras le saint vase qu'on appelle le Graal. Et ce sera le neuvième de tes descendants après ton fils Galaad. Le premier sera roi, bon chevalier et prud'homme, et aura nom Narpus ; le second sera appelé Nascien, comme toi ; le tiers, Hélain le Gros ; le quart, Isaïe ; le cinquième, Jonan : il exaltera fort sainte Église, et donnera à son frère toute sa terre, puis il épousera la fille du roi de Gaule ; le sixième, son fils Lancelot, sera couronné au ciel comme sur la terre, car en lui hébergeront la pitié et la charité : et sache qu'il aimera de pur amour une dame, la plus belle qui soit en Bretagne, et la meilleure, et la plus sainte, dont le mari le tuera par surprise durant qu'il boira dans une fontaine ; et le septième de ton lignage après Celidoine sera le roi Ban ; et le huitième aura nom Lancelot encore : ce sera lui qui endurera le plus de peines et de travaux, mais il sera chaud et luxurieux comme chien jusqu'à l'approche de sa mort, qu'il s'amendera ; quant au neuvième, trouble en son origine, mais si clair et si net, ensuite que Jésus-Christ en lui se baignera tout nu, et si doux et délicieux à boire qu'à peine s'en pourrait-on rassasier, il aura nom Galaad, et il passera en chevalerie terrienne et céleste tous ceux qui l'auront précédé, et mettra fin aux temps aventureux. »

Ainsi songeait Nascien en dormant. Quand le jour fut beau et clair, il se réveilla. Longtemps il erra sur la nef, où maintes aventures lui arrivèrent. Un soir, enfin, il aborda dans un port : c'était celui où Joseph d'Arimathie et ses compagnons avaient atterri, en Grande Bretagne, non loin de la cité d'Oxford.

XXXIII

« Ils l'accueillirent à grande joie, et le cinquième jour, faute de vivres, ils partirent tous ensemble, emportant l'arche du Saint Graal, et arrivèrent sur l'heure de tierce à la ville de Galafort.

« Quand le duc de ce pays, qui avait nom Ganor, les vit ainsi venir nu-pieds, vêtus de pauvres habits, il fut tout ébahi, et bien plus encore quand il apprit qu'ils étaient riches hommes en leur pays et qu'ils avaient tout laissé pour l'amour de Jésus-Christ. Il manda ses clercs et maîtres ès lois sarrasinoises et dit à l'évêque Josephé qu'il voulait l'entendre défendre sa foi contre eux. Alors Josephé pria la Glorieuse Vierge Marie de ne pas laisser parler ceux qui oseraient s'élever contre elle : en sorte que les païens ne purent que crier et braire, prendre leur langue à deux mains, la dépecer et l'arracher. Le duc, à cette vue, fut si touché de la grâce de Dieu qu'il requit chrétienté sur-le-champ, et avec lui tous ceux qui étaient dans la salle. Josephé les baptisa, tant hommes que femmes, dans une grande cuve pleine d'eau qu'il bénit de sa main, et il n'y eut bientôt plus personne dans la ville qui n'eût reçu la foi de Notre Seigneur.

« À cette nouvelle, le roi de Northumberland, qui était le seigneur lige de Ganor, fut très courroucé. Il assembla ses barons et fut assiéger Galafort. Mais le duc fit une sortie, où, avec l'aide du chevalier Jésus, Nascien trancha la tête au roi de Northumberland dont les hommes s'enfuirent. Et en mémoire de leur première victoire en Bretagne, les chrétiens bâtirent une église à Notre Dame. Le dernier fils de Joseph d'Arimathie, qui naquit durant qu'on la parfaisait, y fut baptisé, et on l'appela Alain.

« Alors l'évêque Josephé partit avec son père et ses cent cinquante compagnons, emportant le Saint Graal, et ils furent prêcher çà et là, tant qu'ils convertirent les gens de Northumberland ; après quoi ils entrèrent au royaume de Norgalles. Mais le roi Crudel, qui fut le plus félon et déloyal païen de tout l'univers, les fit prendre et enfermer dans une chartre, sous terre, où il défendit de leur donner rien à boire ni à manger.

« Or, la même nuit, le roi Mordrain, qui était demeuré à Sarras, eut un songe : il lui fut avis qu'il voyait Notre-Seigneur tout dolent et souffrant, qui lui commandait de s'embarquer avec sa famille et la femme de Nascien et tous ses hommes, et d'aller en Grande Bretagne pour le venger du roi Crudel. Ainsi fit-il, et, quand il aborda près de Galafort avec son armée, il rencontra Nascien qui venait au-devant de lui, ayant été averti de sa venue. Tous deux marchèrent avec les chevaliers de Sarras, de Galafort et de Northumberland contre le roi Crudel qui fut défait et tué. Et ils trouvèrent Josephé et son père Joseph avec leur compagnie en fort bon point dans leur chartre : car Dieu avait voulu qu'ils vécussent de la grâce du Graal durant les quarante jours de leur prison, en toute aise et confort.

« Mais, peu après, il arriva une grande merveille. Une nuit qu'il ne pouvait dormir, le roi Mordrain fut pris d'une curiosité si vive de voir le Graal, qu'il n'y put résister. Il se rendit dans la chambre où le saint vase était conservé, et il lui sembla entendre autour de lui mille voix qui rendaient grâce à Notre Seigneur et un bruit d'ailes aussi fort que si tous les oiseaux du monde eussent volé là. Il s'avança vers le Graal et souleva la patène pour regarder le précieux sang. Mais, dans le même moment, il aperçut devant lui un ange au visage ardent comme la foudre, qui lui perça les deux cuisses d'un coup de lance.

« – Roi Mordrain, tu es trop hardi. Jamais les merveilles du Saint Graal ne seront vues par aucun homme mortel, hors un seul, qui sera le vrai chevalier de Jésus-Christ et par qui la chevalerie terrienne deviendra céleste. Et sache que lui seul te pourra guérir en t'oignant du sang qui coulera de cette lance, lorsqu'il sera entré ici. »

« Désormais Mordrain fut nommé le roi mehaigné.

XXXIV

« Joseph repartit pour prêcher avec Josephé et sa parenté, et longtemps tout alla bien pour eux. Mais il advint que Dieu leur envoya toutes sortes de maux à cause d'un mauvais péché que faisaient beaucoup de leurs compagnons, et qui était luxure sans raison. Un jour, Joseph s'agenouilla devant le Graal et se mit à prier en pleurant. Lors, il entendit la voix du Saint-Esprit qui lui dit :

« – Joseph, souviens-toi que, chez Simon, quand je dis qu'avec moi mangeait et buvait celui qui me trahirait, Judas se retira un peu en arrière, et plus jamais il ne s'assit en compagnie de mes disciples. En souvenir de la Cène, tu dresseras une table et, les nappes mises, tu y placeras, au centre, le vase qui contient mon sang, que tu couvriras d'un linge. Tu t'asseoiras à la table et tu inviteras Josephé à s'asseoir à ta droite ; mais tu verras qu'il s'éloignera de toi de manière à laisser une place vide qui signifiera celle que Jésus-Christ occupa le jour de la Cène ; et elle demeurera vide jusqu'à ce que le Sauveur revienne la prendre, Lui-même ou bien celui qu'Il enverra. Convie ta parenté. Tu leur diras que s'ils ont bien cru au Père, au Fils et au Saint-Esprit, et observé les commandements, ils peuvent avoir part au repas. Sinon, ils ne pourront même s'approcher. »

« Ainsi fut fait et tout se passa comme la Voix l'avait dit : la table fut pleine, hors l'espace entre Joseph et Josephé. Et désormais ceux qui y purent avoir place chaque jour sentirent une douceur délicieuse et l'accomplissement de leur cœur ; mais les autres, qui étaient forcés de rester debout, n'éprouvaient rien que la faim : à quoi l'on connut qu'ils étaient les pécheurs.

« Or, parmi eux, il en était un, du nom de Moïse, faux, déloyal, décevant et luxurieux à merveille. Et il pleurait piteusement, jurant qu'il était sage et consciencieux, suppliant Joseph d'avoir pitié de lui et de permettre qu'il eût sa part à la grâce du Graal en s'asseyant à table. Alors Joseph se prosterna devant le saint vase et pria Jésus-Christ Notre Sauveur. Après quoi il dit :

« – Si Moïse est tel qu'il paraît, qu'il vienne : nul ne lui peut ôter la grâce. S'il est autrement, qu'il garde d'approcher. Car, lorsqu'un trompeur veut duper autrui, n'est-il pas réjouissant que le trompé dupe le trompeur ? »

« Mais Moïse répondit qu'il ne redoutait rien, et quand tous furent autour de la table, comme toutes les places étaient prises, il vint hardiment s'asseoir au siège périlleux. Aussitôt la terre s'ouvrit et l'engloutit comme traître ; puis elle se referma si étroitement qu'il ne parut plus qu'elle se fût écartée.

« Ainsi ceux qui étaient de bonne vie vécurent du Saint Graal, mais les autres se nourrissaient comme ils pouvaient. Un jour, la compagnie entra dans une contrée déserte et gâtée où ils ne purent rien découvrir à manger. Josephé dit à son plus jeune frère, Alain le Gros, d'aller pêcher dans un étang proche. L'enfant jeta le filet et ne prit qu'un seul poisson. Pourtant Josephé ne voulut pas qu'il recommençât : il s'agenouilla devant le Graal et y demeura longtemps en prières et oraisons. Alors Notre Sire fit un grand miracle, car le poisson foisonna de manière que tous ceux qui avaient faim purent se rassasier aussi bien que s'ils avaient eu devant eux les meilleures viandes du monde. Et, en mémoire de cela, Alain fut surnommé le Riche Pêcheur.

XXXV

Joseph, Josephé et leurs compagnons errèrent tant qu'ils parvinrent dans le royaume des Écossais. Et là, un soir, à souper, tous prirent place à la table du Graal, sauf Siméon et Chanaan qui n'en purent approcher. Alors ces deux-là désespérèrent et l'Ennemi leur entra au cœur et au corps. Quand tout le monde fut endormi, ils prirent des épées très tranchantes, puis Chanaan vint couper le cou à tous ses douze frères, tandis que Siméon frappait son cousin Pierron, mais sans le tuer, car son arme lui tourna dans la main. Et sachez qu'ainsi le voulut Notre Sire parce que c'est Pierron qui plus tard devait convertir le roi païen Orcan et en épouser la fille ; de lui descendent le roi Lot d'Orcanie et messire Gauvain.

« Siméon et Chanaan furent jugés et condamnés à être enterrés vifs. Mais, durant qu'on creusait leurs fosses, voici venir deux hommes vermeils comme la flamme, qui volaient par les airs aussi légèrement que des oiseaux et qui enlevèrent Siméon. Pour Chanaan, il fut enseveli vivant selon le jugement, et autour de lui on enterra ses frères, chacun d'eux avec son épée, comme il sied à de bons chevaliers. Or, le lendemain, on vit que la tombe de Chanaan flambait comme un buisson ardent, tandis que les douze épées de ses douze frères étaient dressées vers le ciel.

« Ensuite Josephé parcourut l'Écosse et l'Irlande, annonçant toujours la vérité des Évangiles et envoyant ses compagnons prêcher en tous lieux la sainte loi de Jésus-Christ. Enfin l'évêque retourna avec son père à Galafort où il retrouva Galaad, le fils de Nascien, qui avait quinze ans et qui venait de recevoir l'ordre de chevalerie. Et comme ceux du royaume de Hocelice, qui étaient alors sans seigneur, lui demandaient de leur donner un roi, il le leur désigna.

« Une fois qu'il avait chassé tout le jour, le roi Galaad le fort se trouva seul, ses chiens perdus, à la nuit tombante, dans une lande déserte où flamboyait, au loin, un grand feu solitaire. Quand il en fut proche, il entendit la flamme l'appeler par son nom.

« – Galaad, disait-elle, je suis Siméon, ton parent. C'est moi qui blessai Pierron et, à cause de ce forfait, je brûlerai jusqu'à ce que le neuvième de tes descendants me vienne délivrer : parce qui en lui ne flambera pas le feu de luxure, sa présence éteindra ce bûcher. Mais, en nom Dieu et pour alléger ma peine, je te prie de faire bâtir ici une maison de religion. »

« Le roi promit, et, dès le lendemain, il manda maçons et charpentiers et fonda autour de la tombe de Siméon une abbaye de la Trinité, qu'il protégea toute sa vie. Après sa mort, il y fut enseveli avec son heaume, son épée et sa couronne, dans un cercueil d'or, sous une tombe que personne ne lèvera avant celui qui doit mener à bien cette aventure. Et sachez qu'il était tant aimé des hommes de sa terre, qu'à sa mort ils changèrent le nom de Hocelice pour celui de Galles, en souvenir de lui.

« Cependant, après avoir sacré et couronné Galaad, Josephé était reparti pour Galafort. Son père y trépassa du siècle au moment qu'il y arriva, et il en fut tout dolent et déconforté. Lui-même, il était très faible à force de veiller et de jeûner, de sorte qu'il fut averti que sa mort était prochaine. Avant d'expirer il voulut revoir le roi Mordrain.

« – Sire, lui dit le roi mehaigné, quand vous aurez quitté le siècle, il me faudra demeurer tout seul d'amis jusqu'à ma délivrance ; je vous prie, pour Dieu, de me laisser quelque souvenir de vous.

« Alors l'évêque fit de son propre sang une grande croix sur l'écu de Mordrain et lui annonça qu'elle demeurerait toujours fraîche et vermeille à travers les temps. Et le roi aveugle se fit mettre sur les lèvres l'écu qu'il ne pouvait voir et qu'il baisa en pleurant.

XXXVI

« Le lendemain Josephé connut que son dernier jour était arrivé. Il fit appeler son plus jeune frère, Alain le Riche Pêcheur, qui lui promit de servir le Graal aussi longtemps que l'âme lui battrait au corps.

« – Beau doux ami, vous serez donc gardien du saint vase après ma mort, lui dit Josephé : je vous en investis et revêts ; et, quand vous aurez laissé le monde terrestre, vos descendants en seront seigneurs après vous ; et, en souvenir de vous, ils seront surnommés les Riches Pêcheurs. »

« Après la mort de Josephé, Alain quitta le pays avec le Graal. Il parvint dans un royaume peuplé de sottes gens payennes qui ne savaient rien, hors cultiver les champs ; on l'appelait la Terre Foraine. La régnait un roi lépreux, nommé Kalaphe. Alain vint à lui et lui promit qu'il le guérirait pourvu qu'il fît ce qu'il lui dirait.

« – Si vous me jurez de me rendre la santé, répondit le roi, vous ne m'ordonnerez rien que je n'accomplisse.

« – Roi, abandonne donc la loi sarrasinoise, et fais-moi couper la tête si ensuite tu n'es guéri.

« Kalaphe commanda d'abattre et brûler ses idoles, et Alain lui donna le saint baptême, en le nommant Alphasem ; puis il fit apporter le Graal, et, dès qu'il l'eut vu, le roi se sentit tout à fait sain. Même, il devint si prud'homme qu'il fit occire tous ceux qui ne voulurent pas devenir chrétiens comme lui, de manière que tout le pays fut converti en moins d'un mois.

« Ensuite Alphasem donna sa fille à Alain. Puis, pour conserver le Graal, il construisit un fort château qui fut nommé Corbenic, c'est-à-dire Très Saint Vase en chaldéen, dont il le fit roi et seigneur. Et Alain engendra

Aminadap, et Aminadap Cathelois, et Cathelois Manaal, et Manaal Lambor, et Lambor Pellehan, et Pellehan Pellès, qui tous furent surnommés les riches rois Pêcheurs.

« Du roi Pellès naîtra une pucelle qui passera en beauté toutes les femmes et elle mettra au monde celui qui connaîtra la vérité du Saint Graal et achèvera les temps aventureux. »

Merlin se tut un petit moment ; puis il dit encore au roi Artus :

– Roi, le chevalier qui occupera le siège périlleux à la table du Graal aura place sur un autre siège vide à une autre table qui sera établie en mémoire de celle de la Cène. Et il t'appartient de dresser cette table, qui sera la troisième, en mémoire de la sainte Trinité. Tu en auras grand honneur, car il en adviendra de ton vivant maintes merveilles dont il sera mémoire à travers les siècles.

Artus répondit qu'il en serait fait selon la volonté de Jésus-Christ.

– Mais où vous plaira-t-il de fonder cette table ? demanda Merlin.

– Où vous saurez, beau doux ami, que le souhaite Notre Sire.

– Ce sera donc à Carduel en Galles. Là, à la Noël, j'élirai les chevaliers qui y doivent siéger.

XXXVII

Ayant ainsi parlé au roi Artus, Merlin alla en la petite Bretagne et il apparut à Léonce de Payerne, qui était régent du royaume de Benoïc, et à la reine. Il leur montra un anneau que le roi Ban lui avait confié pour qu'il pût se faire reconnaître d'eux, et, après leur avoir conté tout ce qui s'était passé en Carmélide et les prouesses des trois rois, il dit à Léonce de Payerne qu'il lui fallait passer la mer avec autant de troupes qu'il lui serait possible d'en amener, afin d'aider le roi Artus à chasser les Saines du royaume de Logres, et que tel était l'ordre du roi Ban.

– Sire, demanda Léonce, en quel lieu devons-nous aller ?

– À la Roche Flodemer, répondit Merlin, et de là aux plaines de Salibery où vous trouverez des princes et des chevaliers de tous pays qui seront venus pour le même dessein. Vous aurez une bannière blanche à la croix vermeille, et ils en auront pareillement : à cela vous vous reconnaîtrez tous, car beaucoup parleront des langues étrangères.

Léonce dit qu'il ferait ainsi. Et Merlin resta quatre jours entiers auprès de lui et de la reine qui le festoyèrent très bien ; puis il partit pour le royaume de Gannes. Il y apparut à Pharien, qui en était régent pour le roi Bohor, et à la reine ; et il leur fit le même récit et leur donna les mêmes instructions qu'à Léonce de Payerne. Puis il vint au royaume de Carmélide dont les barons résolurent de se rendre également aux plaines de Salibery. Enfin il obtint l'aide du roi de Lambale et de divers autres rois étrangers. Et, ayant ainsi travaillé, il se rendit en la forêt de Broceliande auprès de Viviane, sa mie.

Quand elle le vit, elle fit paraître une grande joie, et lui, il l'aimait si durement que pour un peu plus il serait devenu fou.

– Beau doux ami, lui dit-elle, ne m'enseignerez-vous pas quelques nouveaux jeux, et comment, par exemple, je pourrais faire dormir un homme aussi longtemps que je voudrais sans qu'il s'éveillât ?

Il lui demanda pourquoi elle voulait avoir cette science ; mais, hélas ! il connaissait bien toute sa pensée.

– Parce que, toutes les fois que vous viendriez, je pourrais endormir mon père Dyonas et ma mère, car ils me tueraient s'ils s'apercevaient jamais de nos affaires. Et, de la sorte, je vous ferais entrer dans ma chambre.

Bien souvent, durant les sept jours qu'il passa avec elle, la pucelle lui renouvela cette demande. Une fois qu'ils se trouvaient tous deux dans le verger nommé Repaire de liesse, auprès de la fontaine, elle lui prit la tête en son giron et, quand elle le vit plus amoureux que jamais :

– Au moins, dit-elle, apprenez-moi à endormir une dame.

Il savait bien son arrière-pensée ; pourtant il lui enseigna ce qu'elle désirait, car ainsi le voulait Notre Sire. Et beaucoup d'autres choses encore : trois mots, par exemple, qu'elle prit en écrit, et qui avaient cette vertu que nul homme ne la pouvait posséder charnellement lorsqu'elle les portait sur elle ; par là se munissait-elle contre Merlin, car la femme est plus rusée que diable. Et il ne pouvait s'empêcher de lui céder toujours.

Enfin, après une semaine, il la quitta tristement pour aller ou, il devait être, et ce fut dans la forêt de l'Épinaie aux environs de Logres.

Là, il prit l'apparence d'un vieillard tout croulant d'âge, monté sur un palefroi blanc, vêtu d'une robe noire et coiffé d'une couronne de fleurs, dont la barbe était si longue qu'elle faisait trois fois le tour de sa ceinture ; et ainsi fait, il se porta au-devant de Gauvain qui chassait dans la forêt.

– Gauvain, Gauvain, lui dit-il, si tu m'en croyais, tu ferais trêve aux cerfs et aux daims, car il vaudrait mieux pour ton honneur faire guerre aux hommes dans la forêt de Sarpenie.

Là-dessus, il s'éloigna si rapidement qu'on n'aurait pu avoir seulement l'idée de le suivre. Mais à présent le conte se tait de lui et en vient à parler du roi Lot d'Orcanie.

XXXVIII

Il ne pouvait se consoler du départ de ses fils et d'avoir perdu la reine sa femme, avec l'enfant Mordret. Il en avait une grande rancune contre le roi Artus ; et en même temps, voyant que les Saines continuaient de ravager sa terre et d'assiéger ses châteaux sans qu'il pût les en empêcher, il regrettait de n'être pas en paix avec celui qui l'aurait aidé à les repousser. Quand il sut les fiançailles de Guenièvre de Carmélide, il pensa que, s'il pouvait s'emparer d'elle, il déciderait peut-être Artus à lui faire une bonne paix moyennant qu'il rendît sa prisonnière. Il vint donc, avec quelques chevaliers, s'embusquer secrètement dans les bois proches de la cité de Carohaise, tout prêt à profiter de la première occasion. Et c'est là que ses espions l'avertirent un jour que Guenièvre se proposait d'aller en pèlerinage à une abbaye qui se trouvait justement de ce côté.

La pucelle chevauchait en compagnie de ses demoiselles et de monseigneur Amustant, qui était le chapelain du roi Léogadan, son père, et qui le fut plus tard du roi Artus. Guyomar, son cousin, l'escortait avec quelques gens d'armes, car le pays n'était pas sûr.

C'était en juillet, la douce saison où les prés sont bien herbus et où les oisillons font retentir suavement les vergers et les bocages feuillus. La pucelle, qui avait le cœur gai et léger à cause du soleil, s'entretenait avec monseigneur Amustant et avec les chevaliers et les dames qui l'accompagnaient, lorsqu'une troupe de fer-vêtus parut au loin. Aussitôt qu'ils les aperçurent, Guyomar et ses compagnons lacèrent leurs heaumes et montèrent sur leurs destriers que leurs écuyers menaient ; puis ils brochèrent des éperons et s'élancèrent aussi vite que leurs chevaux purent les porter à la rencontre des étrangers qui leur couraient sus d'autre part, la lance sur le feutre et l'écu devant la poitrine.

Les combattants s'entre-choquèrent à grand fracas, et toute la forêt retentit du froissement des lances, puis du heurt des chevaux et des corps, et des coups des épées sur les heaumes. Le roi Lot et Guyomar firent merveilles ; mais les chevaliers de Carmélide étaient beaucoup moins nombreux que leurs adversaires, si bien qu'ils ne tardèrent pas à se trouver en grand danger.

Guenièvre et les demoiselles, qui assistaient de loin au combat, avec le chapelain et les garçons qui conduisaient les sommiers, se désolaient et se pensaient déjà captives, lorsqu'elles virent sortir de la forêt un chevalier tout armé, qui s'arrêta devant Guenièvre et, après l'avoir saluée, lui demanda qui elle était.

– Beau sire, répondit-elle, je suis la fille du roi Léodagan, et ce prud'homme et moi, nous sommes en grand danger.

Mais au seul nom de la pucelle, le chevalier avait croisé sa lance sans mot dire, et déjà il se précipitait au secours de Guyomar et de ses gens. D'abord il renverse deux chevaliers ; mais son destrier était fatigué par une longue course qu'il venait de fournir : aussi, quand le roi Lot vint l'attaquer, le cheval plia sur les jarrets et chut en entraînant son cavalier. L'étranger se relève vivement et tire son épée, qui était plus étincelante qu'une escarboucle. Lot, ayant épuisé son élan, fait tourner sa monture et revient sur lui au galop ; mais le chevalier l'évite et au passage, d'un coup, il fend le ventre du cheval, qui s'abat lourdement : le roi tombe si malheureusement qu'il demeure étendu sans plus savoir s'il fait nuit ou jour. D'un bond l'inconnu saute sur lui, il lui arrache son heaume avec tant de rudesse qu'il le blesse au nez et aux sourcils, puis il lui abaisse la coiffe du haubert sur les épaules, et lui crie qu'il est mort s'il ne s'avoue prisonnier.

– Ah ! gentilhomme, ne me tue pas, s'écrie le roi, car certes je ne t'ai jamais rien fait qui mérite la mort. Je m'appelle le roi Lot d'Orcanie, à qui il n'arrive plus que malheurs depuis longtemps.

– Et moi, je suis Gauvain, le neveu du roi Artus.

En entendant le nom de son fils, le roi Lot se remit sur pieds et s'avança pour l'embrasser :

– Beau fils, je suis le dolent, le captif, votre père que vous avez abattu.

– Reculez ! répondit Gauvain. Vous ne serez mon père et mon bon ami qu'après avoir crié grâce à notre seigneur le roi Artus et lui avoir rendu hommage.

À ces mots, le roi Lot tomba en pâmoison, et quand il revint à lui :

– Beau fils, dit-il tristement, je ferai ce qu'il vous plaira. Prenez mon épée ; je vous la rends.

Gauvain la prit, non sans verser des larmes sous son heaume, car il avait pitié de son père et se repentait de l'avoir blessé, mais il gardait de le laisser voir. Et, après avoir demandé congé à Guenièvre, il se remit en route vers Logres, suivi de son prisonnier et des autres chevaliers qui s'étaient rendus à lui en même temps que leur seigneur.

XXXIX

Le roi Artus était à la fenêtre de son palais en compagnie des rois Ban et Bohor.

– Sire, ne reconnaissez-vous pas ce chevalier, sur un destrier noir, qui porte une lance de frêne et un écu d'or et d'azur au lion rampant, sommé de couronnes d'argent ?

– De vrai, c'est mon neveu Gauvain !

C'était lui, en effet, qui amenait ses captifs, tous à pied, sauf le roi Lot, sans heaumes et les coiffes de leurs hauberts abattues sur les épaules.

– Sire, dit Gauvain en approchant, voici mon père qui, grâce à Dieu, vous vient comme à son seigneur crier merci. Acceptez son hommage, car il est prêt à vous le faire.

Le roi Artus descendit, et le roi Lot s'agenouilla devant lui et lui tendit son épée nue, en disant :

– Sire, je me rends à vous. Faites de moi et de ma terre à votre plaisir.

Mais Artus le prit par la main droite.

– Beau sire, levez-vous : vous avez été trop longtemps à genoux. Vous êtes si prud'homme qu'il vous faudrait pardonner de bien plus grands méfaits que celui que vous avez commis ; et si même, ce qu'à Dieu ne plaise, je vous haïssais à mort, vous avez des enfants qui m'ont rendu de tels services, que je ne pourrais avoir la volonté de vous nuire.

Ainsi fut faite la paix du roi Lot et du roi Artus. Le lendemain, les maréchaux convoquèrent tous les barons présents à Logres et, devant eux, en présence du peuple, dans l'église, Lot fit son serment, moyennant quoi Artus l'investit de son fief et jura de le secourir à son pouvoir contre quiconque lui voudrait faire tort. Puis, à la mi-août, il tint une grande cour plénière où il porta couronne. Et il y distribua à tous des armes, des palefrois, des joyaux, et or, et argent, et deniers, si bien que sa bonne renommée s'en accrut.

Quand huit jours se furent ainsi écoulés en fêtes et en caroles, le roi Lot partit avec ses quatre fils, sans s'embarrasser de sommiers ni de bagages, tous cinq montés sur de bons palefrois et faisant mener leurs destriers couverts de fer par des valets à pied. Ils passèrent par le château de la Sapine, les plaines de Roestoc, la forêt de l'Épinaie sous Carange, la rivière de Saverne, les prairies de Cambenic et, après plusieurs rencontres avec les Saines qui couraient le pays, ils parvinrent à Arestuel, en Écosse, qui est la terre la plus ombragée de bocages qui soit. Là, le jour de Notre Dame, en septembre, ils eurent un parlement avec les princes rebelles, auxquels s'étaient joints le roi des Cent Chevaliers, le sire de l'Étroite Marche et plusieurs autres barons ; et à tous le roi Lot demanda de faire trêve avec le roi Artus et de marcher avec lui contre les Saines.

– Comment ? fit le roi Nantre, lui avez-vous rendu hommage ? Ce ne serait point loyauté, car nous nous étions tous juré de ne pas nous désunir.

– Sire, répondit Lot, je lui fis hommage contre mon gré, et le jour même que je comptais lui nuire davantage.

Et il leur conta comment son fils Gauvain l'avait abattu et ne lui avait accordé merci qu'à ce prix.

– S'il en est ainsi, vous n'êtes point à blâmer, dirent-ils. Plût à Dieu qu'il nous en fût autant advenu !

Et ils promirent de se rendre avec toutes leurs forces aux plaines de Salibery pour marcher contre les païens. En même temps qu'eux y vinrent nombre de gens d'armes étrangers : ceux du roi Clamadieu, du roi Hélain, du duc des Roches, du roi Mark d'Irlande, qui eut pour femme Yseult la blonde, ceux de Galehaut le fils de la géante, seigneur des Lointaines Îles, et beaucoup d'autres. Ils y rencontrèrent les gens des rois Ban, Bohor, Léodagan et des princes de la Petite Bretagne. Et tous venaient défendre Sainte Église. Ils avaient pour enseigne la bannière blanche à croix rouge ; mais sur celle d'Artus, que portait Keu le sénéchal, on voyait, au-dessous de la croix, un dragon. C'est ainsi qu'une grande armée chrétienne se mit en marche vers la cité de Clarence qu'assiégeaient les Saines mécréants, plus nombreux que les flots de la mer. Hérissée de ses lances, elle était semblable à un bois où les frênes auraient eu pour fleurs des pointes d'acier.

XL

La première bataille eut lieu devant Garlot. Ceux de Bretagne, qui avaient chevauché toute la nuit, arrivèrent près du camp des Saines un peu avant le jour. Il faisait une brume épaisse et bientôt une pluie menue et foisonnante commença de tomber, dont les païens furent mieux endormis encore. Ils furent réveillés par la huée des chevaliers qui chargeaient à travers le camp, rompant les cordes des tentes, en abattant les mâts, renversant les pavillons et faisant un tel massacre qu'en peu de temps les chevaux baignèrent dans le sang jusqu'aux paturons. Les enseignes étaient si mouillées que les deux partis ne se reconnaissaient plus qu'à leurs cris.

Mais les Saines se rassemblèrent au son de leurs cornes et de leurs buccines. C'est alors que Gauvain tua le roi Ysore et lui prit son cheval, le Gringalet, ainsi nommé pour sa grande bonté : car il pouvait courir dix lieues sans que son flanc battît ou qu'il eût un seul poil mouillé à la croupe ou à l'épaule. Mais le roi Ban, le roi Bohor, le roi Nantre, le roi des Cent Chevaliers, le duc Escan de Cambenic, et Artus en l'honneur du baiser de Guenièvre, et tous les princes firent merveilles.

L'armée chrétienne victorieuse s'occupa de relever ses morts et ses blessés qui gisaient parmi le champ comme brebis égorgés ; puis, à la nuit, bien restaurée, elle se remit en marche. Lorsqu'elle fut tout proche de Clarence, Merlin réunit en parlement les princes rebelles.

– Beaux seigneurs, leur dit-il, le jour est venu de tout perdre ou de tout gagner. Il vous est grand besoin de prier Dieu qu'il défende le royaume de Logres de honte et méchéance, car, si Notre Sire n'y met conseil, la terre de Bretagne sera aujourd'hui détruite. Et je vous fais savoir que la défaite ne pourra être évitée, si vous ne faites votre paix avec le roi Artus.

Il y eut beaucoup de barons à qui ces paroles ne plurent guère et il ne pouvait en être autrement ; néanmoins tous vinrent rendre hommage au roi, l'un après l'autre, et reçurent de lui leurs fiefs.

Le jour se levait, radieux. Dans l'herbe non fauchée, les chevaux entraient jusqu'au ventre ; les oiseaux chantaient matines dans les arbrisseaux et réjouissaient le cœur des amoureux. Les enseignes d'or, d'argent et de soie voletaient à la brise légère et le soleil faisait flamboyer l'acier des heaumes et des lances, et luire les peintures des écus. Merlin allait en tête de l'armée sur un grand cheval de chasse. Lorsqu'il aperçut les Saines qui s'avançaient à la rencontre des chrétiens, il cria de toutes ses forces :

– Ores paraîtra qui preux sera ! Seigneurs chevaliers, l'heure est venue que l'on verra vos prouesses !

Aussitôt les barons lâchèrent le frein et brochèrent des éperons ; et ainsi commença la fière et merveilleuse bataille.

Le froissement des lances, le heurt des écus, le martèlement des masses et des épées s'entendit jusqu'à la mer. Bientôt l'air fut rouge et troublé par la poussière, au point que les cieux noircirent et que le soleil perdit sa clarté. Quand les chevaliers et les bourgeois qui défendaient la cité de Clarence aperçurent les enseignes blanches à croix vermeille, ils pensèrent que c'était un secours que Notre Sire leur envoyait : aussitôt ils sortirent et commencèrent de faire merveilles d'armes.

Sur l'autre front des Saines, à mesure que l'heure de midi approchait, la force de Gauvain augmentait. Il traversait les rangs ennemis, bruyant et fracassant comme le tonnerre, et, quand son épée s'abaissait pour frapper, il semblait que ce fût la foudre. Ses frères l'imitaient ; mais Galessin surtout faisait merveilles : autour de lui les mécréants tombaient comme les blés mûrs sous la faucille ; vers le soir, il était sanglant comme s'il fût sorti d'une rivière de sang. Les Saines étaient plus hauts et mieux armés, mais les chrétiens plus agiles, si bien qu'à la fin les païens cédèrent. Tous leurs rois étaient tués, sauf Rion, Oriens, Sorbare, Cornican, Murgalan de

Trebeham et l'amiral Napin. Poursuivis de près, ils s'enfuirent de toute la vitesse de leurs chevaux vers la mer prochaine ; et, non sans que plus de la moitié d'entre eux fussent noyés ou occis, ils s'embarquèrent sur leurs nefs, coupèrent les cordes des ancres, hissèrent les voiles en hâte, et s'en furent où le vent les mena.

XLI

Or, en revenant de la mêlée, où il avait pris grand chaud, Sagremor ôta son heaume : aussitôt il commença de se refroidir, d'où lui vint au cœur une si grande douleur que son visage noircit. Sentant qu'il s'affaiblissait, il pria tout bas monseigneur Yvain de le soutenir.

– Sire, murmura-t-il, faites-moi étendre sur un lit : sitôt que j'aurai mangé et bu, cela passera.

Messire Gauvain l'avait entendu : aidé de monseigneur Yvain, il le porta sur une couche ; et là, Merlin lui fit prendre du vin chaud, de manière qu'il se remit bientôt et s'endormit. Car telle était la nature de Sagremor : lorsqu'il était à jeun, s'il s'échauffait un peu trop, il tombait en faiblesse dès qu'il se refroidissait ; mais cela ne lui arrivait pas souvent.

Cependant les chevaliers s'étaient mis à table, et ils causaient de l'accident. Keu le sénéchal, qui avait toujours la langue aiguisée à plaisanter et à mal dire, s'écria qu'on pouvait le surnommer Sagremor mort de jeûne. Messire Gauvain le regarda.

– Taisez-vous, Keu, s'écria-t-il, et ne dites point de folies d'un si prud'homme et bon chevalier. Il a sa maladie quand il plaît à Dieu et l'on ne doit pas l'en railler. S'il est venu servir monseigneur le roi, ce n'est point pauvreté, car il est né d'un empereur, mais hautesse de cœur. Le roi ne doit point souffrir qu'en son hôtel on se moque de Sagremor. Et quiconque le ferait, je le prendrais pour moi.

– Sire, dit Keu, on en raille souvent de plus vaillants que lui, et même on en dit d'assez grosses paroles. S'il s'en fâche, je n'en puis mais. Et qui qu'en grogne, je ne m'en soucie !

Là-dessus, messire Gauvain voulut se jeter sur le sénéchal. Yvain, qui était assis à son côté, le retint ; mais Gaheriet, courroucé d'entendre traiter ainsi son frère, s'avança et donna un tel soufflet à Keu que toute la salle en résonna et qu'il l'abattit aux pieds de monseigneur Gauvain.

– Orgueilleux truand, parlerez-vous encore ? Si le roi mon oncle et ces autres prud'hommes n'étaient céans, je vous jetterais par cette fenêtre !

Keu voulait se précipiter sur Gaheriet, mais messire Yvain et Merlin les séparèrent. Le roi, en colère, s'était levé et la chambre emplie de chevaliers. Alors messire Gauvain conseilla à son frère de quitter la salle, ce que Gaheriet fit aussitôt. Là-dessus, Sagremor arriva, s'informant de ce qu'il y avait. Merlin le prit par la main et le fit asseoir près de lui pour détourner son attention ; mais le roi dit une parole maladroite :

– Je veux, déclara-t-il, que Keu rende à Gaheriet le soufflet qu'il en a reçu devant moi !

– Sire, répondit sagement messire Gauvain, laissez passer ce jourd'hui. Demain nous ferons leur paix. Cependant défendez à votre sénéchal de donner des surnoms à de meilleurs que lui, et qui vous aident à défendre votre terre !

– Qu'y a-t-il donc ? demanda Sagremor.

Merlin dut lui conter l'histoire d'un bout à l'autre et il ne fit qu'en rire. Mais le roi, irrité contre son neveu, lui répondit que Gaheriet avait frappé son sénéchal devant lui par dédain, et qu'il ne saurait y avoir de bonne paix tant que Keu n'aurait pas rendu ce qu'il avait reçu. Alors messire

Gauvain cria avec colère :

– Votre barbe passera du blond au gris et du gris au blanc avant que vous avez de moi et de mes frères ce que vous désirez ! Comment, diable d'enfer, nous croyez-vous tels que vous puissiez nous humilier devant ce garçon ? Désormais nous reprenons l'hommage que nous vous avons fait, et vous rendons ce que nous tenons de vous et renonçons à votre service, et tous ceux qui nous aiment feront comme nous. Et si vous avez désir de jouter, en compagnie de votre sénéchal, contre moi et Gaheriet, venez dans la plaine !

En l'entendant, Sagremor sauta sur ses pieds.

– Attendez-moi, beau sire, dit-il à monseigneur Gauvain. Mais, avant de partir, je veux dire à Keu devant le roi que je lui trancherai la tête si je le puis atteindre, et non tant pour ce qu'il a dit, que pour ce qu'il nous force à laisser la meilleure compagnie qui soit.

Messire Gauvain, ses trois frères et Sagremor quittèrent ainsi la salle et tous les chevaliers devinrent sombres et soucieux. Yvain et Galessin furent se concerter à une fenêtre ouvrant sur le jardin, et décidèrent de suivre leurs cousins. Cependant Merlin venait au roi qui s'était assis à côté du roi Brangore, et il le blâma durement.

– Comment, diable damné, roi rassoté, voulez-vous perdre vos amis à cause du serment que vous avez fait à Antor de ne manquer jamais à Keu ? Et voulez-vous permettre au fils d'un petit vavasseur de dire des folies à vos barons ? Commandez-lui d'aller si excuser auprès de vos neveux et de Sagremor, et vous-même, avec les rois Ban, Bohor et Brangore, qui sont présents, allez les prier de pardonner.

Ainsi fut fait. Keu s'agenouilla devant monseigneur Gauvain et lui tendit son gage. Mais ce fut seulement quand le roi Artus lui-même fut venu demander à son neveu de rester, que celui-ci courut embrasser son seigneur, et que tout fut pardonné et oublié.

Alors le roi partagea entre les chevaliers de son armée le butin d'or, d'argent et de pierreries qui avait été fait sur les Saines, les riches draps, les tentes, les destriers, les bonnes armures. Puis il fit Galessin duc de Clarence. Et, après cinq jours de fêtes et de joie, ses hauts barons et les princes étrangers le quittèrent a grand amour.

XLII

Le sixième jour, il se mit en route pour la Carmélide en compagnie des rois Ban et Bohor et de toute sa maison. Il trouva Léodagan qui venait à sa rencontre, et les quatre rois firent ensemble leur entrée à Carohaise, dont les rues étaient tout tendues de riches étoffes et jonchées d'herbe menue. Puis ils allèrent dans la salle du palais où Guenièvre les attendait, qui courut au-devant du roi Artus, les bras tendus, et le baisa sur la bouche devant tous, en lui souhaitant la bienvenue. Après quoi l'on alla souper et le mariage fut fixé à une semaine de là.

Le jour venu, toute la cour se réunit dans la salle semée de joncs, d'herbe verte et de fleurs qui avaient une très douce odeur. Le soleil rayonnait à travers les verrières quand Guenièvre fit son entrée, conduite par les rois Ban et Bohor. Et le conte dit qu'elle était la plus belle femme et la mieux aimée qui fût jamais, hors Hélène sans pair, la femme de Persidès le roux du château de Gaswilte, et la fille du roi Pellès le riche Pêcheur, qui garda le Graal jusqu'au temps où Galaad fut engendré. Elle avait le visage découvert, sur la tête un cercle d'or dont les pierreries valaient un bon royaume, et une robe d'or battu, si longue qu'elle traînait à plus d'une demi-toise. Marchant deux à deux et se tenant par la main, les fiancés, les rois et leurs maisons, accompagnés des barons du royaume de Carmélide, des nobles dames du pays et des bourgeois, se rendirent à l'église où le mariage fut béni par le chapelain Amustant, et où l'archevêque de

Brice chanta la messe. On revint au palais, et là, après avoir entendu force ménétriers, on s'assit au manger qui fut digne des noces d'un roi. Après le repas, les chevaliers allèrent s'escrimer à la quintaine et tournoyer dans la prairie. Ensuite on remit les tables ; puis les convives se divertirent et enjouèrent ainsi que droit était ; enfin on fut à vêpres ; et, le lit du roi bénit, chacun retourna en son hôtel pour dormir.

Guenièvre fut couchée par trois demoiselles qui aidèrent Artus à se dévêtir à son tour. Après quoi elles sortirent ; et il ne demeura plus dans la chambre que le roi et la reine qui s'entr'aimaient fort et ne finirent de se le prouver qu'au matin, qu'ils s'endormirent bouche à bouche et bras à bras.

XLIII

Durant huit jours, le roi Artus mena bonne vie avec sa femme à Carohaise ; le neuvième, il dit à ses barons de se préparer au départ. Alors, les rois Ban et Bohor lui demandèrent congé de retourner dans leurs terres.

– Beaux doux amis, dit le roi, vous ferez votre volonté, mais jamais je ne retrouverai de si prud'hommes que vous êtes. Pourtant, si vous voulez me quitter, je le dois souffrir.

– Beau sire, dirent-ils, il nous faut regagner nos royaumes.

Et les deux rois s'en furent, bien dolents de le laisser. Merlin, qui les aimait chèrement, voulut leur faire conduite, et c'est ainsi qu'au soir de leur premier jour de voyage, ils arrivèrent de compagnie devant un château, le plus fort et le mieux fait qu'ils eussent encore vu. Il était tout entouré de larges marais et muni de deux paires de murs bien crénelés ; le donjon en était si haut qu'à peine d'un trait d'arc en eût-on pu atteindre la cime, et il n'avait qu'une seule entrée où l'on parvenait en suivant une longue et étroite chaussée. Celle-ci aboutissait, du côté de la terre ferme, à un petit pré où se dressait un immense pin, lequel portait, pendu par une chaîne d'argent à l'une de ses basses branches, un cor d'ivoire plus blanc que neige nouvelle.

– C'est le château des Mares, dit Merlin, qui appartient à un chevalier preux et de grand renom : Agravadain.

– Par ma foi, dit le roi Bohor, voilà un homme bien logé ! Je coucherais volontiers chez lui.

Et, saisissant le cor, il y souffla comme un homme de bonne haleine, si fort que malgré la distance le son courut sur l'eau, et d'écho en écho entra dans la salle du château, où Agravadain l'entendit.

– Mes armes ! cria-t-il.

Mais, durant qu'on l'en revêtait en hâte et qu'il enfourchait son haut destrier pommelé, trois fois encore le son parvint à ses oreilles : car le roi Bohor sonnait coup sur coup, craignant, tant le marais était large, qu'on ne l'ouït point au château. Le Sire des Mares, impatienté, parut sur la chaussée, l'écu au col et la lance au poing.

– Quelles gens êtes-vous ? cria-t-il.

– Sire, nous sommes des chevaliers qui vous demandons l'hospitalité pour cette nuit.

– À qui êtes-vous ?

– Nous tenons nos terres du roi Artus.

– En nom Dieu, vous avez un bon seigneur ! C'est le mien. Suivez-moi et soyez les bienvenu.

– Grand merci !

Ils s'en furent derrière le seigneur des Mares l'un après l'autre, car la chaussée était si étroite qu'on n'y eût pu chevaucher à deux de front. Leur hôte les conduisit à travers les cours jusqu'au logis, où des valets et des écuyers les vinrent aider à descendre ; puis, prenant Ban et Bohor par la main, il les fit entrer dans une chambre basse, et là, après qu'on les eut désarmés, vinrent trois pucelles qui leur mirent au col des manteaux d'écarlate fourrés d'hermine noire, toutes trois belles et gracieuses à regarder, mais surtout la fille d'Agravadain.

– Heureux, pensa Merlin, qui avec une telle pucelle pourrait dormir ! Si je ne sentais un si grand amour pour Viviane ma mie, je la tiendrais cette nuit dans mes bras. Je dois la faire avoir au roi Ban : l'enfant qui naîtra d'eux aura de grands destins.

Alors il jeta un enchantement et, sur-le-champ, le roi et la pucelle s'aimèrent éperdument.

Au souper, Agravadain plaça Ban et Bohor entre lui et sa femme, qui était belle et de bon âge, car elle n'avait pas trente ans ; les chevaliers de la suite s'assirent à d'autres tables. Quant à Merlin, sous l'apparence d'un jouvenceau de quinze ans aux cheveux blonds et aux yeux verts, vêtu d'une cotte mi partie de blanc et de vermeil, ceint d'une cordelière de soie où pendait une aumônière d'or battu, il tranchait à genoux devant le roi Ban. Les gens du château le prenaient pour un valet de leurs hôtes, et ceux-ci pensaient qu'il appartenait au château ; mais il était si beau que les pucelles ne pouvaient s'empêcher de le regarder, hormis la fille d'Agravadain, toutefois, qui ne quittait pas des yeux le roi Ban et changeait de couleur à chaque instant, car tantôt elle souhaitait d'être toute nue dans ses bras et tantôt elle se demandait comment une telle pensée pouvait lui venir. Et Ban, de son côté, la désirait éperdument ; mais en même temps il songeait à sa belle et jeune femme, qu'il ne voulait trahir, non plus que son hôte, en sorte qu'il n'était pas moins angoissé qu'elle.

Les nappes ôtées et, quand les convives eurent lavé leurs mains, ils furent s'appuyer aux fenêtres et s'oublièrent à admirer le château et le pays environnant qui étaient beaux à merveille, jusqu'à ce que le temps fût venu d'aller reposer. Les pucelles avaient préparé pour les deux rois, dans une chambre voisine de la salle, des lits tels qu'il convenait aux princes qu'ils semblaient être. Et, dès que tout le monde fut couché, Merlin fit un nouvel enchantement, grâce à quoi un sommeil si pesant s'empara de tous les gens du château, qu'ils ne se fussent pas réveillés quand même le plafond eût croulé sur leurs têtes. Seuls, Ban et la fille d'Agravadain veillaient et soupiraient, chacun à part soi.

Alors Merlin alla dans la chambre de la pucelle et lui dit :

– Venez, belle, à celui qui tant vous désire.

Enchantée comme elle était, elle se leva sans sonner mot, vêtue seulement de sa chemise et de son pellisson, et il la mena droit au lit du roi Ban qui lui tendit les bras en dépit de lui-même, car il craignait Dieu. Mais elle ôta ses vêtements et se coucha près de lui. Et le conte dit qu'ils se firent aussi belle chère et beau semblant que s'ils eussent vécu depuis vingt ans ensemble, et qu'ils n'eurent aucune honte ni émoi : ainsi Merlin l'avait ordonné. Ils furent de la sorte jusqu'au jour ; et, quand le matin parut, le roi Ban ôta de son doigt un bel anneau d'or, orné d'un saphir où étaient gravés deux serpenteaux :

– Belle, dit-il, vous garderez cet anneau et mon amour.

Mais elle prit la bague sans répondre.

Lorsque Merlin sut qu'elle était revenue à son lit, il défit son enchantement et chacun s'éveilla. Les sergents et les écuyers préparèrent les armes, sellèrent les chevaux, troussèrent les coffres et les malles. Puis les deux rois prirent congé. Comme la fille d'Agravadain baissait tristement la tête :

– Demoiselle, lui dit le roi Ban en lui serrant la main, il m'en coûte de partir, mais où que je sois je demeurerai votre chevalier et votre ami.

Elle murmura en soupirant :

– Sire, si je suis grosse, Dieu m'en donne plus grande joie que je n'en eus de vous, car jamais si tôt amours ne s'éloignèrent. Mais puisqu'il vous faut partir, je me réconforterai du mieux que je pourrai, et, si je vois mon enfant, il me sera miroir et souvenance de vous.

La-dessus, elle remonta dans sa chambre avec ses pucelles. Et les deux rois recommandèrent leurs hôtes à Dieu.

Ils passèrent la mer avec Merlin et chevauchèrent tant qu'ils arrivèrent en la cité de Benoïc où chacun leur fit fête et où leurs femmes leur montrèrent grand amour. Si bien que, dans la nuit même, la reine Hélène conçut du roi Ban un enfant qui plus tard eut nom Lancelot.

Quant à Merlin, ils le festoyèrent durant huit jours entiers. Mais, au neuvième, il prit congé et fut voir Viviane, sa mie, en la forêt de Brocéliande.

XLIV

Elle lui fit si bel accueil que l'amour crût en lui, et qu'il lui enseigna encore, malgré qu'il en eût, une grande part de ses secrets. Déjà elle en savait presque autant que lui, et elle l'aimait tendrement, mais, pour ce qu'elle voulait demeurer pucelle, elle avait fait un charme sur l'oreiller qu'il mettait sous sa tête quand il couchait avec elle, de sorte qu'il croyait la posséder, mais ce n'était que songe.

Un jour qu'ils se promenaient tous deux en Brocéliande, il lui demanda si elle voulait voir le lac de Diane.

– Certes, fit-elle. Rien ne peut être de Diane qui ne me plaise, car elle aima toute sa vie les bois autant ou plus que moi.

Il la conduisit à un lac qui était grand et agréable, et il lui fit voir sur la rive une tombe de marbre, où l'on lisait en lettres d'or :

Ci gît Faunus, l'ami de Diane. Elle l'aima de grand amour et le fit mourir vilainement. Telle fit la récompense qu'il eut de l'avoir loyalement servie.

– Bel ami, dit Viviane, contez-moi l'histoire.

– Volontiers, dit-il.

« Diane régnait au temps de Virgile, longtemps avant que Jésus-Christ descendit sur cette terre pour sauver les pécheurs, et elle aima sur toutes choses de vivre aux bois. Elle chassa par toutes les forêts de Gaule et de Bretagne, mais n'en trouva aucune qui lui plût autant que celle-ci : aussi y fit-elle bâtir, au bord de ce lac, un manoir où elle venait coucher la nuit après avoir forcé les cerfs et les daims tout le jour.

« Une fois, le fils du roi qui gouvernait ce pays la vit, et, la trouvant si preuse, si vite et si légère, il l'aima. Il était encore damoisel, et beau et franc au point qu'elle lui promit de se donner à lui pourvu qu'il jurât sur les saints de renoncer à son père et à tout au monde pour elle. Faunus fit le serment et ainsi fut-il, durant deux ans, l'ami de Diane. Mais, après ce temps, elle s'éprit d'un autre chevalier qu'elle trouva, comme Faunus, en courant les bois, et qui avait nom Félix. Et celui-ci était pauvre et de bas lignage, et il savait bien que, si Faunus apprenait ses amours, il le ferait tuer avec toute sa parenté. Aussi vint-il un jour trouver sa mie, et lui dit :

– « Par ma foi, demoiselle, ou vous vous délivrerez de Faunus ou je ne reparaîtrai plus auprès de vous.

« – Hélas ! dit-elle, comment le pourrais-je ? Il m'aime de si grand amour qu'il ne me laisserait pour chose du monde.

« – À votre guise, répondit Félix.

« Or Diane le hérissait si fort, qu'elle eût mieux aimé de mourir que de renoncer à lui, en sorte qu'elle se résolut à faire périr Faunus.

« Cette tombe que vous voyez était alors pleine d'une eau enchantée qui guérissait toutes les plaies. Un jour que Faunus revenait de la chasse, navré d'une blessure qu'une bête sauvage lui avait faite, elle fit ôter secrètement l'eau guérissante.

« – Que ferai-je ? demanda Faunus quand il s'aperçut que l'eau n'y était plus. Je suis blessé durement.

« – Ne vous troublez pas pour si peu, répondit Diane ; je vous soignerai bien. Couchez-vous là-dedans et nous vous couvrirons d'herbes de grande vertu, par quoi vous serez tôt rétabli.

« Faunus s'étendit ; mais Diane fit retomber la pierre qui fermait le tombeau et par un pertuis elle versa du plomb fondu en telle quantité que le corps de son ami fut consumé en peu de temps.

« Alors elle vint à Félix à qui elle conta comment elle s'était délivrée de celui qu'il craignait.

« – Mauvaise, qui vous pourrait aimer quand chacun vous devrait haïr ? s'écria-t-il.

« Et la prenant par ses tresses, il lui coupa la tête.

« C'est depuis ce temps qu'on nomme ce lac : le lac de Diane. »

– Mais, demanda Viviane, qu'est devenu le manoir qu'elle y avait fait bâtir ?

– Le père de Faunus le détruisit sitôt qu'il connut la mort de son fils.

– Il fit mal, car jamais l'on ne vit plus beaux lieux. Merlin, doux ami, pour l'amour de moi, je vous prie de m'en faire bâtir un qui soit aussi bel et riche qu'il y en eut jamais.

Elle n'avait pas achevé que déjà maçons et charpentiers travaillaient, et au bout d'un instant un château s'élevait à la place du lac, tellement magnifique qu'il n'en est point de pareil en toute la Petite Bretagne.

– Demoiselle, dit Merlin, voici votre manoir. Jamais personne ne le verra qui ne soit de votre maison, car il est invisible pour tout autre ; et aux yeux de tous il n'y a là que de l'eau. Et si, par envie ou traîtrise, quelqu'un de vos gens révélait le secret, aussitôt le château disparaîtrait pour lui et il se noierait en y croyant entrer.

– Par Dieu, bel ami, dit Viviane, jamais on n'entendit parler d'une demeure plus secrète et plus belle !

Merlin fut si content de la voir contente qu'il ne se put tenir de lui apprendre encore plusieurs de ses enchantements ; bref il lui en enseigna tant qu'il en fut depuis tenu pour fol, et l'est encore. Car elle mettait tout en écrit, étant bonne clergesse dans les sept arts, et elle ne songeait qu'à l'engeigner.

– Sire, lui demanda-t-elle un jour, il y a encore une chose que je voudrais bien savoir : c'est comment je pourrais enserrer un homme sans tour, sans murs et sans fers, de manière qu'il ne pût jamais s'échapper sans mon consentement.

Merlin baissa la tête en soupirant.

– Qu'avez-vous ? fit-elle.

– Ha, je sais bien ce que vous pensez, et que vous me voulez détenir à jamais, et voici que je vous aime si fort qu'il me faudra faire votre volonté !

Alors elle lui mit les bras au col :

– Eh bien, ne devez-vous pas être mien, quand je suis votre et que j'ai quitté père et mère pour vous ? Je n'ai sans vous ni joie ni bien ; en vous est toute mon espérance ; je n'attends le bonheur que de vous. Puisque je vous aime ainsi, et que vous m'aimez, n'est-il droit que vous fassiez mes volontés et que je fasse les vôtres ?

– Ma dame, dit Merlin, à ma prochaine venue, je vous enseignerai ce que vous voulez.

Mais le conte maintenant se tait de lui et de Viviane et retourne au roi Artus et à ses compagnons.

XLV

Dès qu'il fut arrivé à Logres avec la reine Guenièvre, il fit crier qu'à la Noël il tiendrait une cour renforcée à Carduel, et que chacun y amenât ses vassaux et sa femme, ou son amie.

Au jour dit vinrent les chevaliers et les dames vêtus de leurs plus riches robes, et pour la première fois la reine, comme le roi, porta couronne.

Quand les cloches sonnèrent à la grand-messe, on fut entendre l'office chanté par l'archevêque de Brice. Puis la cour revint en la salle du palais ou, les nappes mises, les barons prirent place, chacun selon son rang. Messire Gauvain, Keu le sénéchal, Lucan le bouteiller, messire Yvain le grand, Dodinel le sauvage, Sagremor, Yvain l'avoutre, Giflet servirent les rois et les reines, et quarante jeunes valets les hauts hommes et les dames.

Comme Keu le sénéchal présentait le premier mets au roi Artus, le plus bel homme qui se fût jamais vu entra dans la salle : sur ses cheveux blonds et ondulés, il avait une couronne d'or, connue un roi ; il était vêtu de chausses de paile brun et d'une cotte de samit ; sa ceinture de soie était rehaussée d'or et de pierreries qui jetaient de tels feux que toute la salle en était illuminée, et ses souliers de cuir blanc fermés par des bouclettes d'or ; enfin une harpe d'argent à cordes d'or, toute décorée de pierres précieuses, lui pendait au col. Malheureusement, il était aveugle, bien qu'il eût les yeux clairs et beaux ; mais un petit chien blanc comme la neige, attaché par une chaînette d'or à sa ceinture, le conduisit devant le roi Artus. Là, il se prit à chanter un lai breton, en s'accompagnant de sa harpe, si mélodieusement que le sénéchal, qui portait les mets, oublia tout et s'assit pour l'écouter.

Une aventure vous dirai
Dont les Bretons firent un lai.

À Saint-Malo, deux hauts barons
Avaient tout proches leurs maisons.
L'un d'eux avait femme épousée,
Sage, courtoise et bien sensée ;

L'autre était jeune chevalier,
Naguère encore bachelier.
La femme à son voisin aima :
Tant la requit, tant la pria,

Qu'elle lui voulut très grand bien
Et le chérit sur toute rien.
Des chambres où la dame vit
Elle regarde son ami ;
Mais un haut mur de pierre bise
Entre eux se lève et les divise.
Ils ont des présents échangé,
Ou par jeter ou par lancer ;
Mais ils ne peuvent en venir
Du tout ensemble à leur plaisir,
Car la dame est trop bien gardée
Et par son baron surveillée.
Tous deux, longtemps, se sont aimés
Tant que revint le bel été.
Quand bois et près sont reverdis
Et les vergers tout refleuris,
Celui qui aime tant et tant,
Ce n'est merveille s'il entend
Les oiselets, avec douceur,
Mener joie dessus les fleurs.
Les nuits où la lune luisait,
Lorsque son mari reposait,
La dame du lit évadée
Et d'un grand mantel affublée
À la fenêtre s'en venait
Pour son ami qu'elle y savait,

Et tant prenait liesse à le voir
Que plus n'en aurait pu avoir.
Si souvent elle se leva,
Que son baron s'en courrouça.
« Sire, ce m'est plaisir d'aller
Ouïr le rossignol chanter :

Tant m'en délecte le déduit,
Que je n'en puis dormir la nuit. »
En entendant cela, le sire
De colère se mit à rire :
Dans sa maison tous les valets
Fabriquent rets, lacs et filets ;
Il n'est pas dans tout le verger,
De coudrier, de châtaignier,
Qui ne porte piège ou glu :
Tant qu'ils ont l'oiseau retenu.
Quand, tout vif le baron le tint,
Aux chambres de la dame il vint.
« Dame, fait-il, où êtes-vous ?
Venez ici ! Parlez à nous !
J'ai le rossignol attrapé
Pour qui vous avez tant veillé :
Vous pourrez bien dormir en paix,
Il ne vous gênera jamais. »
Ah ! quand elle l'eut entendu,
Bien dolente la dame fut !
Aux pieds du sire elle tomba
Et le rossignol demanda.
Mais lui, méchamment, il l'occit
De ses deux mains le cou tordit,

À sa femme le corps jeta,
Si que la robe ensanglanta.
La dame prend le corps petit,
Pleure tendrement, et maudit
Ceux qui les pièges ont fait
Et pipé le rossignolet.
Elle appelle un sien valet ;
Elle enveloppe l'oiselet

Dans une pièce de soie,
Puis à son bel ami l'envoie.
Ce chevalier ne fait vilain,
Mais courtois et de grâce plein :
Il fit un beau coffret forger,
Non pas de fer ni d'acier,
Mais d'or fin et de bonnes pierres
Très précieuses et très chères.
Dedans, le rossignol coucha ;
Le couvercle très bien ferma ;
Puis il fit sceller le coffret…
Sur son cœur le porte à jamais.

Ici se termine le lai
Que Marie de France a fait.
Le Laustic l'appelle-t-on :
Ainsi le nomment les Bretons ;
On dit Rossignol en français
Et Nightingale en anglais.

Comme le bel aveugle finissait son chant, un chevalier étranger entra dans la salle. En voyant les rois couronnés, assis au maître dais, et le harpeur coiffé d'or, il s'arrêta tout interdit. Mais il se remit, bientôt et, s'étant fait montrer le roi Artus, il s'avança vers lui et dit à haute voix :

– Roi Artus, je ne te salue pas ; celui qui m'envoie à toi ne me l'a pas commandé. Je te dirai seulement ce qu'il te mande. Si tu t'y soumets, tu en auras honneur ; sinon, il te faudra fuir de ton royaume, pauvre et exilé.

– Ami, répondit le roi en souriant, fais-nous ton message ; tu n'auras nul mal de moi ni d'autrui.

– Roi Artus, à toi m'envoie le seigneur et le maître de tous les chrétiens, le roi Rion des Îles, dominateur de l'Occident et de toute la terre. Vingt-cinq rois déjà sont ses hommes liges ; il les a soumis par l'épée et leur a levé la barbe avec le cuir. Il te mande de te présenter devant lui et de lui rendre hommage. Fais lire ces lettres qu'il t'adresse, et tu entendras sa volonté.

Le roi prit les lettres et les passa à l'archevêque de Brice, qui les déploya et en donna lecture comme il suit :

« Je, le roi Rion, seigneur de toute la terre d'Occident, fais savoir à tous ceux qui ces lettres verront et entendront que je suis à cette heure en ma cour, en compagnie de vingt-cinq rois, mes hommes, qui m'ont rendu leurs épées et à qui j'ai pris leurs barbes avec le cuir. Et en témoignage de ma victoire, j'ai fait fourrer de leurs barbes un manteau de samit vermeil, auquel ne manquent plus que les franges. Pour ce que j'ai eu nouvelles de la grande prouesse et vaillance du roi Artus, je veux qu'il soit plus honoré qu'aucun des autres rois : en conséquence je lui mande de m'envoyer sa barbe avec le cuir, et j'en ferai la frange de mon manteau pour l'amour de lui. Car mon manteau ne me pendra au col qu'il n'ait sa frange, et je n'en veux d'autre que de sa barbe. Je lui commande donc qu'il me l'envoie par un ou deux de ses meilleurs amis, et qu'il se présente à moi pour devenir mon homme et me rendre hommage. S'il ne le veut faire, qu'il abandonne sa terre et parte pour l'exil, ou bien je viendrai avec mon armée et je lui ferai arracher sa barbe du menton, et à rebours, qu'il le sache bien. »

Quand il eut entendu ces lettres, le roi Artus répondit en riant que l'on n'aurait jamais sa barbe, tant qu'il la pourrait garantir. Sur quoi le messager sortit, et le roi se remit à souper.

Le harpeur allait chantant de rang en rang, et chacun s'écriait qu'on n'avait jamais entendu harper d'une façon aussi exquise : le roi en était émerveillé. À la fin le musicien lui dit :

– Sire, je vous demande le prix de mon chant.

– Vous l'aurez, ami, si c'est chose que je puisse donner, sauf mon honneur et mon royaume.

– Sire, je vous demande de porter votre enseigne à la première bataille où vous serez.

– Beau doux ami, Notre Sire vous a mis en sa prison : vous êtes aveugle ; comment pourriez-vous nous mener à la bataille ?

– Ha, sire, le chevalier Jésus, qui est le vrai guide et qui m'a tiré de maints périls, saura bien me conduire !

En l'entendant si bien répliquer, le roi pensa que c'était là Merlin, et il allait répondre qu'il octroyait la demande, lorsqu'il s'aperçut que le beau harpeur avait disparu. Et l'on vit à sa place un petit enfant de huit ans, les cheveux tout ébouriffés et les jambes nues, portant une massue sur l'épaule, qui dit au roi qu'il réclamait de porter son enseigne à la guerre contre le roi Rion. Sur quoi, tout le monde se prit à rire, et Merlin revint à sa forme naturelle. Il aimait de se déguiser ainsi pour divertir et réjouir les chevaliers.

XLVI

Quand les tables furent levées, il se mit debout et, après en avoir demandé congé au roi, il dit à si haute voix que tous l'entendirent dans la salle :

– Seigneurs, sachez que le très Saint Graal, en quoi Notre Sire offrit pour la première fois son saint corps et où Joseph d'Arimathie recueillit le précieux sang qui coula des plaies de Jésus-Christ, a été transporté dans la

Bretagne bleue. Mais il ne sera trouvé et ses merveilles découvertes que par le meilleur chevalier du monde. Et il est dit qu'au nom de la très Sainte Trinité, le roi Artus doit établir la table qui sera la troisième après celle de la Cène et celle du Graal, et qu'il en adviendra de grands biens et de grandes merveilles à ce royaume. Cette table sera ronde pour signifier que tous ceux qui s'y devront asseoir n'y auront nulle préséance, et à la droite de monseigneur le roi demeurera toujours un siège vide en mémoire de Notre Seigneur Jésus-Christ : personne ne s'y pourra placer sans risquer le sort de Moïse qui fut englouti en terre, hormis le meilleur chevalier du monde qui conquerra le Saint Graal et en connaîtra le sens et la vérité.

– Je veux, dit le roi Artus, que Notre Sire ne perde rien par ma faute.

Il n'avait pas achevé ces mots que parut tout soudain au milieu de la salle une table ronde autour de laquelle se trouvaient cent cinquante sièges de bois. Et sur beaucoup d'entre eux on lisait, en lettres d'or : Ici doit seoir Un Tel ; pourtant, sur celui qui se trouvait en face du fauteuil du roi, nul nom n'était inscrit.

– Seigneurs, dit Merlin, voyez-ci les noms de ceux que Dieu a choisis pour siéger à la Table ronde et pour se mettre en quête du Graal quand le temps sera venu.

Alors le roi et les chevaliers désignés de la sorte vinrent prendre place, en veillant à laisser libre le siège périlleux : et c'étaient messire Gauvain avec les damoiseaux qui avaient défendu le royaume durant l'absence du roi, et les trente-neuf compagnons qui étaient allés en Carmélide. Aussitôt assis, ils se sentirent pleins de douceur et d'amitié.

– Beaux seigneurs, reprit Merlin, lorsque vous entendrez parler d'un bon chevalier, vous ferez tant que vous l'amènerez à cette cour où, s'il témoigne qu'il est preux et bien éprouvé, vous le recevrez parmi vous : car il est dit que le nombre des compagnons de la Table ronde s'élèvera à cent cinquante devant que la quête du Saint Graal soit entreprise. Mais il vous faudra le bien choisir : un seul mauvais homme honnirait toute la compagnie. Et gardez que nul de vous ne s'asseye au siège périlleux, car il lui en adviendrait grand mal.

Messire Gauvain, après avoir consulté ses compagnons, parla ainsi :

– De par les chevaliers de la Table ronde, dit-il, je fais vœu que jamais pucelle ou dame ne viendra en cette cour pour chercher secours qui puisse être donné par un seul chevalier, sans le trouver. Et jamais un homme ne viendra nous demander aide contre un chevalier sans l'obtenir. Et s'il arrivait que l'un de nous disparût, tour à tour ses compagnons se mettraient à sa recherche ; et chaque quête durerait un an et un jour.

Le roi fit apporter les meilleures reliques qu'on put trouver et tous les compagnons de la Table ronde jurèrent sur les saints de tenir le serment qu'avait fait en leur nom messire Gauvain. Et la reine dit à celui-ci :

– Beau neveu, je veux, avec la permission de mon seigneur le roi, que quatre clercs demeurent céans, qui n'auront autre chose à faire que de mettre en écrit toutes les aventures de vous et de vos compagnons, afin qu'après notre mort il soit mémoire de vos prouesses.

– Je vous l'octroie, dit le roi. Et je fais vœu que, toutes les fois que je porterai couronne, je ne m'asseoirai point à manger devant qu'une aventure soit advenue à ma cour.

Lorsqu'ils ouïrent faire tous ces beaux vœux, les chevaliers et les dames qui étaient dans la salle furent très joyeux et satisfaits, jugeant que grand bien et honneur en adviendraient au royaume de Logres. Et c'est en ce temps que l'on commença de voir gravé çà et là sur les chemins, en lettres que personne ne pouvait effacer :

C'est le commencement des aventures par lesquelles le lion merveilleux sera pris. Un fils de roi les achèvera, chaste et le meilleur chevalier du monde.

XLVII

Le soir de ce beau jour, quand les chevaliers et les dames furent retournés en leurs logis, Guyomar, le cousin de la reine, demeura à causer avec Morgane dans une pièce basse du palais.

C'était la sœur du roi Artus. Elle était fort gaie et enjouée, et chantait très plaisamment ; d'ailleurs brune de visage, mais bien en chair, ni trop grasse ni trop maigre, de belles mains, des épaules parfaites, la peau plus douce que la soie, avenante de manières, longue et droite de corps, bref charmante à miracle ; avec cela, la femme la plus chaude et la plus luxurieuse de toute la Grande Bretagne. Merlin lui avait enseigné l'astronomie et beaucoup d'autres choses, et elle s'y était appliquée de son mieux : de façon qu'elle était devenue bonne clergesse et qu'on l'appela plus tard Morgane la fée à cause des merveilles qu'elle fit. Elle s'exprimait avec une douceur, une suavité délicieuses, et elle était plus débonnaire et attrayante que personne au monde, lorsqu'elle était de sang-froid. Mais, quand elle en voulait à quelqu'un, il était difficile de l'apaiser, et on le vit bien par la suite, car celle qu'elle aurait dû le plus aimer, elle lui fit tant de peine et de honte que tout le monde en causa : et ce fut la reine Guenièvre. Le conte ne parle pas de cela à cet endroit, car il en sera devisé plus loin ; et ce serait dommage de démembrer un si bon conte : il faut le laisser aller son train.

Quand Guyomar entra dans la chambre où Morgane était, il la salua bien doucement en lui disant que Dieu lui donnât bonjour, et elle lui rendit son salut débonnairement et comme celle qui a la langue bien pendue. Alors il s'assit auprès d'elle. Elle dévidait du fil d'or dont elle voulait faire une coiffe pour sa sœur, la femme du roi Lot d'Orcanie : il se mit à l'aider en lui demandant à quel ouvrage elle travaillait, et à la mettre en paroles sur diverses choses.

Il était beau chevalier, gracieux et bien fait, riant, blond de cheveux et agréable de toutes façons, comme un homme de vingt-huit ans ou environ, de manière qu'elle le regarda très volontiers. De même elle lui plut fort, si bien qu'il la pria d'amour ; et, quand il s'aperçut qu'elle souffrirait de bon cœur ce dont il la voulait requérir, il commença de la prendre dans ses bras et de la baiser très doucement ; puis, s'étant échauffés de la sorte comme nature le voulait, ils s'étendirent tous deux sur une couche grande et belle et firent le jeu commun, comme gens qui tous deux le désiraient : car, s'il le souhaitait, autant le souhaitait-elle.

Ainsi ils s'entr'accueillirent de grand amour, et ce soir-là ils demeureront longtemps ensemble ; puis ils s'aimèrent longtemps sans que nul le sût. Mais un jour la reine Guenièvre l'apprit et les sépara ; dont Morgane la haït et lui fit les pires ennuis. Mais le conte à présent laisse ce propos et devise du roi Artus.

XLVIII

Quelque temps après qu'il eut établi la Table ronde, il rassembla ses barons et s'en fut attaquer Rion, le roi mécréant. Et, lorsque les deux armées furent en présence, il y eut encore maintes merveilles d'armes et de grands massacres ; mais, grâce aux chevaliers de la Table ronde et à Merlin qui portait le dragon flamboyant au milieu de la mêlée, on vit plus de païens tués que de chrétiens.

Alors le roi Rion cueillit un rameau de sycomore et, le tenant à bout de bras, galopa entre les deux armées pour les séparer ; puis il cria si haut que tout le monde l'entendit :

– Roi Artus, pourquoi soufrons-nous que ta gent et la mienne se détruisent ? Faisons reculer nos deux armées et combattons-nous : le vaincu se proclamera le vassal du vainqueur, et lui donnera sa barbe avec le cuir.

Artus ayant accepté, les deux rois prirent du champ, et se jetèrent l'un sur l'autre comme tempêtes. Leurs lances rompues, ils saisirent leurs épées, dont ils se déchargèrent de tels coups que bientôt ils eurent rompu les cercles de leurs heaumes et éparpillé les fleurons qui les ornaient, ainsi que les gemmes dont certaines pourtant avaient de grandes vertus. Le roi Rion était bon chevalier ; mais Artus lui tua son destrier, de façon qu'il chut à terre, et il reçut au moment qu'il se relevait un grand coup sur la tête, qui le fit chanceler et retomber tout de son long en mugissant comme un taureau. Aussitôt Artus sauta de son cheval, courut à lui, lui arracha son heaume d'une seule main, si rudement qu'il en rompit les lacets, et lui coupa le cou.

Ainsi périt le roi Rion.

XLIX

Alors le roi Artus donna congé à ses barons, après leur avoir fait de grandes largesses. Puis il revint à Logres où il mena bonne vie durant quelque temps.

Un jour qu'il était à son haut manger avec ses prud'hommes, une demoiselle d'une grande beauté entra dans la salle, qui tenait dans ses bras le nain le plus contrefait qu'on eût jamais vu : car il était maigre et camus, les sourcils roux et recoquillés, les cheveux gros, noirs et emmêlés, la barbe rouge et si longue qu'elle lui tombait jusques aux pieds, les épaules hautes et courbes, une grosse bosse par devant, une autre par derrière, les jambes brèves, l'échine longue et pointue, les mains épaisses et les doigts courts.

– Sire, dit au roi la demoiselle, je viens à vous de bien loin pour réclamer un don.

– Demoiselle, demandez ce qu'il vous plaira : je vous l'octroierai, si ce n'est chose qui aille contre mon honneur et celui de mon royaume.

– Sire, je vous prie et requiers d'armer chevalier ce franc damoisel, mon ami, que je tiens dans mes bras. Il est preux, hardi et de gentil lignage, et, s'il l'eût voulu, il eût été adoubé par le roi Pellès de Listenois ; mais il a fait serment de ne l'être que par vous.

À ces mots, tout le monde se mit à rire et Keu le sénéchal, qui était moqueur et piquant en paroles, s'écria :

– Gardez-le bien, demoiselle, et tenez-le près de vous de peur qu'il ne vous soit enlevé par les pucelles de madame la reine !

Mais à ce moment on vit entrer dans la cour du palais deux écuyers, montés sur des bons roussins ; l'un portait une épée et un écu noir à trois léopards d'or couronnés d'azur, et l'autre menait en laisse un petit destrier fort bien taillé, dont le frein était d'or et les rênes de soie ; un sommier les suivait, chargé de deux beaux et riches coffres. Ils attachèrent leurs chevaux à un pin, ouvrirent les malles et en tirèrent un minuscule haubert et des chausses à doubles mailles d'argent fin, puis un heaume d'argent doré, qu'ils apportèrent à la demoiselle. Elle-même sortit de son aumônière deux petits éperons d'or, enveloppés dans une pièce de soie. Keu le sénéchal les prit et feignit de vouloir en chausser le nain, déclarant qu'il le ferait chevalier de sa main.

– S'il plaît à Dieu, nul ne le touchera sinon le roi Artus, dit la demoiselle. Seul, un roi peut mettre la main sur un si haut homme que mon ami.

Artus chaussa donc l'un des éperons au pied droit du nain, tandis que la demoiselle lui bouclait l'autre ; puis il le vêtit du haubert, lui ceignit l'épée et lui donna la colée en lui disant selon sa coutume :

– Dieu vous fasse prud'homme !

– Sire, demanda encore la demoiselle, priez-le d'être mon chevalier.

À quoi le roi consentit encore.

– Je vous l'octroie, demoiselle, dit le nain, puisque le roi le veut.

Là-dessus il fut enfourcher son petit destrier qui était de toute beauté et bien armé de fer ; la demoiselle l'y aida, puis elle lui pendit l'écu au col, monta elle-même sur sa mule, et tous deux, suivis de leurs écuyers, s'en furent par la forêt aventureuse.

L

Et vers ce temps, comme le roi Artus était venu à Camaaloth, il eut nouvelles d'un géant qui ravageait le pays de la Petite Bretagne. Le monstre avait son repaire, disait-on, sur une montagne qui était entourée de mer et qu'on appelle maintenant le Mont Saint Michel au Péril de la mer ; et il ruinait tout le pays alentour, d'où les hommes et les femmes s'étaient enfuis : ils vivaient dans les bois comme des bêtes sauvages.

Un soir, le roi dit à Keu le sénéchal et à un chevalier qui avait nom Bédoyer de se préparer, et tous trois, s'étant mis en mer, arrivèrent sous un rocher, à quelque distance du mont, qu'ils gravirent hardiment. Ils n'y trouvèrent qu'une vieille femme, toute flétrie, qui pleurait et lamentait, assise sur une tombe fraîchement creusée, à côté d'un grand feu, dans la nuit.

– Ha, gentils chevaliers, dit-elle en les voyant, que venez-vous faire ici ? Si le géant vous découvre, il vous faudra mourir. Fuyez !

– Bonne femme, répondit le roi, laisse tes pleurs et dis-nous qui tu es et quelle est cette tombe.

– C'est celle d'une gente pucelle, Élaine, la fille de Lionel de Nantoël ; je l'allaitai de mes mamelles. Le géant nous a prises et il a emporté ma chère fille dans son repaire pour la violer ; mais elle était si jeune et si tendre qu'elle n'a pu supporter sa vue et qu'elle est morte d'horreur entre ses bras. Quand elle eut ainsi expiré, ce diable me garda pour éteindre sa luxure sur moi, et il m'a tant corrompue qu'il me faut souffrir sa volonté en dépit de moi-même ; mais Notre Sire m'est garant que c'est contre mon gré. Fuyez ! à cette heure le géant est sur le mont, là-bas, où vous voyez flamboyer un bûcher. S'il vient ici, vous êtes morts !

Mais le roi Artus et ses compagnons reprirent leur bateau et allèrent aborder au mont.

Sur le sommet, ils découvrirent en effet le géant assis devant la flamme, qui faisait rôtir de la viande embrochée à un grand épieu et la dévorait à peine cuite. Il les aperçut bien, quoiqu'il n'en eut pas fait semblant tout d'abord, tant il était déloyal et malicieux ; et soudain il sauta sur un tronc de chêne qui lui servait de massue, courut sus au roi Artus et voulut lui en asséner un coup qui l'eût réduit en fumée. Heureusement le roi était merveilleusement vite et léger : il évita le choc par un saut de côté et dans le même temps frappa si adroitement le géant entre les sourcils de sa bonne épée Marmiadoise, qu'il l'aveugla. Alors le monstre, jetant sa massue à terre, commença d'avancer en tâtonnant et en essayant de saisir son adversaire qu'il apercevait comme une ombre quand il passait sa main sur ses yeux pour en essuyer le sang. Vainement Artus se défendait à coups d'épée : le géant avait une cuirasse faite des peaux de certains serpents qui vivent dans l'Inde, et rien ne l'entamait. Il finit par saisir le roi et le serra de telle force qu'il s'en fallut de peu qu'il ne lui broyât l'échine ; en même temps il coulait la main le long de son bras pour lui prendre son épée. Mais Artus laissa choir Marmiadoise qui sonna en tombant et, au moment que le géant se baissait pour la ramasser, il lui donna un si rude coup de genou dans les parties sensibles que le méchant se pâma. Aussitôt le roi se dégage, ramasse son arme et, soulevant la cuirasse, perce le cœur du monstre et coupe l'horrible tête.

En revenant à Camaaloth avec ses compagnons, il trouva ses barons tout effrayés de son absence, qui se signèrent et s'étonnèrent beaucoup quand ils virent la tête pendue par les cheveux à l'arçon de la selle de Bédoyer, car jamais il n'en a été de si grande. Et c'est depuis ce temps que le rocher voisin du mont, où la fille de Lionel de Nantoël est enterrée, fut nommé la Tombe Élaine.

LI

Peu après Merlin vint dire au roi et à la reine qu'il lui fallait les quitter. Ils le prièrent doucement de revenir bientôt, car ils l'aimaient tendrement.

– Bel ami Merlin, lui dit le roi, vous vous en irez, je ne vous veux retenir contre votre désir ; mais je serai dolent jusqu'à temps que je vous revoie. Pour Dieu, hâtez-vous !

– Sire, répondit-il en pleurant, hélas ! c'est la dernière fois, et je vous recommande à Dieu.

En entendant : « C'est la dernière fois », le roi fut surpris, mais il crut qu'il avait mal compris. Pourtant, quand il vit que sept semaines avaient passé et que Merlin ne revenait pas, il se ressouvins de ces mots et il fut longtemps tout pensif et morne. À la fin messire Gauvain lui demanda ce qu'il avait.

– Beau neveu, répondit le roi, je pense que j'ai perdu Merlin et j'aimerais mieux d'avoir perdu la cité de Logres.

– Sire, je vous jure par le serment que je vous fis le jour où vous m'armâtes chevalier que je le chercherai de tout mon pouvoir durant un an et un jour.

Et, en même temps que messire Gauvain, jurèrent ses frères et Yvain le grand, Sagremor, Giflet le fils Do, Caulas le roux, Placide le gai, Laudalis de la Plaigne, Aiglin des Vaux, Clealis l'orphelin, Guiret de Lamballe, Keheddin le bel, Clarot de la Broche, Yvain aux blanches mains, Gosenain d'Estrangore, Segurade de la Forêt Périlleuse, Ladinel et Ladinas de Norgalles, Satran de l'Étroite Marche, Purades de Carmélide, Carmaduc le noir et quelques autres. Et tous s'éloignèrent de Camaaloth le même jour ; mais ils se séparèrent à une croix d'où partaient divers chemins et, après qu'ils se furent recommandés à Dieu, chacun s'en fut à son aventure.

Maintenant le conte laisse ce propos et revient au chevalier nain et à la demoiselle sa mie, qui chevauchent par monts et par vaux.

LII

Un jour qu'ils traversaient une grande lande, ils virent venir à eux un chevalier monté sur un destrier pie, qui, du plus loin qu'il les aperçut, s'écria :

– Ha ! soyez la bienvenue, mademoiselle, ma mie ! Enfin j'ai trouvé ce que je cherche depuis toujours !

– Sire, répondit le nain tout doucement, ne soyez pas si pressé ; vous n'avez pas encore cette demoiselle en votre pouvoir.

– Je l'aime comme si je la tenais déjà, et je la tiendrai sous peu.

En voyant le chevalier approcher, le nain met lance sur feutre, disparaît derrière son écu de telle façon qu'on ne voyait plus que son œil, pique des éperons par deux trous qu'on avait faits dans sa selle, car ses courtes jambes n'en dépassaient pas les quartiers, et, criant à son adversaire de se garder, vole sur lui de toute la vitesse de son cheval.

– À Dieu ne plaise que je joute contre un tel géant ! s'écrie l'orgueilleux chevalier.

Et sans même croiser sa lance, il oppose dédaigneusement son écu au choc. Mal lui en prit, car le nain le heurta si rudement qu'il le jetta à bas de son cheval en lui démettant l'épaule ; après quoi il fit passer et repasser son destrier sur lui, de façon que le chevalier, tout froissé, se pâma de douleur. Enfin le minuscule champion pria la demoiselle de le mettre à terre, ce qu'elle fit en le prenant dans ses beaux bras comme un enfant, et il courut au blessé, dont il délaça le heaume en le menaçant de lui couper le cou s'il ne s'avouait vaincu.

– Merci ! cria le blessé.

– Iras-tu te rendre prisonnier au roi Artus et lui dire de par moi que le petit chevalier qu'il adouba t'envoie à lui ?

Le chevalier le jura. Alors le nain requit la demoiselle de le hisser sur son destrier, ce qu'elle fit à grand-peine en se penchant sur le cou de sa mule ; puis tous deux furent avertir les écuyers du blessé, et ils continuèrent leur route vers Estrangore.

C'est ainsi que le roi Artus et la reine Guenièvre virent arriver quelques jours plus tard à Carduel en Galles, couché dans une belle litière que portaient deux palefrois amblants, un chevalier navré.

– Sire, dit celui-ci, je viens me mettre en ta merci, plein de honte et de vergogne, pour acquitter ma foi que j'ai engagée à la plus ridicule créature du monde, qui m'a vaincu par ses armes.

– Dites-moi donc, répondit le roi, de par qui vous vous rendez prisonnier et comment vous avez été conquis.

– Sire, j'aime la belle Bianne, fille du roi Clamadieu. Je l'eusse volontiers prise pour femme, car je suis fils de roi et de reine ; mais, ni par prière, ni par amour, ni par prouesse, je n'ai pu gagner son cœur. L'autre soir, je la rencontrai en compagnie du nain contrefait dont elle est l'amie, et je n'ai pas daigné croiser la lance contre lui ; mais il m'a renversé et démis l'épaule, et il ne m'a fait grâce de la vie qu'à la condition de me rendre prisonnier à vous.

– Bel ami, dit le roi, il vous a mis en bonne et douce prison. Mais dites-moi quel est ce chevalier nain ; je vous libérerai à ce prix.

– Sire, c'est le fils du roi Brangore d'Estrangore, qui est haut homme, puissant en terres et en amis, et loyal envers Dieu.

– Certes il est prud'homme, dit Artus, et je m'étonne que Notre Sire lui ait donné un tel héritier.

– Il y a deux ans, cet avorton était la plus belle créature du monde ; le fol Evadean, mon père, me l'a souvent dit. Une demoiselle qu'il ne voulait aimer l'enchanta ; je n'en sais pas plus. Et maintenant, sire, si vous me donnez congé, je m'en irai avec ma honte.

– Allez, beau doux ami, fit le roi, et que Dieu vous conduise !

À présent le conte retourne à monseigneur Gauvain.

LIII

S'étant séparé de ses compagnons, il erra longtemps par la terre de Logres. Un jour qu'il chevauchait dans une forêt, pensif et songeant tristement qu'il n'avait nouvelles de Merlin, il croisa une demoiselle montée sur le plus beau palefroi du monde, noir, harnaché d'une selle d'ivoire aux étriers dorés, dont la housse écarlate battait à terre, et dont le frein était d'or et les reines d'orfroi. Elle-même était vêtue de samit blanc et, pour éviter le hâle, elle avait la tête voilée de lin et de soie. Gauvain, perdu dans sa rêverie, ne la vit pas. Alors, après l'avoir dépassé, elle fit tourner son palefroi et lui dit :

– Gauvain, on assure que tu es le meilleur chevalier du monde, et c'est vrai ; mais on ajoute que tu en es le plus courtois, et ici cloche la renommée, car tu en es le plus vilain. Tu me rencontres seule en cette forêt, loin de tous, et tu n'as pas même la douceur et l'humilité de me saluer et me parler !

– Demoiselle, dit Gauvain tout confus, je vous supplie de me pardonner.

– S'il plaît à Dieu, tu le payeras cher ! Et une autre fois, tu te souviendras de saluer les dames quand tu les rencontreras. Je te souhaite de ressembler au premier homme que tu verras.

Or, messire Gauvain n'avait pas chevauché une lieue galloise, qu'il croisa le nain et sa mie. Dès qu'il aperçut la demoiselle, il se rappela la leçon qu'il venait de s'attirer et si empressa de la saluer :

– Que Dieu vous donne joie, et à votre compagnie !

– Que Dieu vous donne bonne aventure ! répliquèrent courtoisement le nain et la demoiselle.

Et, à peine l'avaient-ils dépassé, le nain sentit qu'il reprenait sa première forme, et il devint un jeune homme de vingt-deux ans, droit, haut et large d'épaules, si bien qu'il lui fallut ôter ses armes qui n'étaient plus à sa taille. Quand elle vit son ami retrouver ainsi sa beauté, la demoiselle lui jeta ses bras au col et le baisa plus de cent fois de suite ; et tous deux remercièrent Notre Seigneur et s'en furent à grande joie, bénissant le chevalier qui leur avait ainsi porté bonheur.

Cependant messire Gauvain n'avait pas chevauché trois traits d'arc qu'il sentit les manches de son haubert lui descendre au delà des mains et les pans lui en couvrir les chevilles ; ses deux pieds n'atteignaient plus les étriers et son écu s'élevait maintenant au-dessus de sa tête : en sorte qu'il comprit qu'il était devenu nain. Il en fut si peiné qu'il s'en fallut de peu qu'il ne s'occît ! À la lisière de la forêt, il s'approcha d'un rocher sur lequel il descendit, et là il raccourcit ses étrivières, releva les manches et les pans de son haubert et aussi ses chausses de fer qu'il fixa par des courroies, bref il s'accommoda du mieux qu'il put ; après quoi il reprit sa route, bien angoissé, pour accomplir son serment.

Mais vainement il demandait à tous des nouvelles de Merlin : il ne recueillait que moqueries et brocarts, et personne au reste n'en savait. Quand il eut parcouru tout le royaume de Logres et qu'il vit que le terme de son retour approchait, il se désola plus que jamais.

– Ha ! pensait-il, que ferai-je ? J'ai juré à monseigneur mon oncle de revenir après un an et un jour, et pourtant comment oserai-je me montrer à sa cour, ridicule et défiguré comme je suis ? Mais je ne me parjurerai point.

LIV

Rêvant ainsi, il était entré dans la forêt de Brocéliande. Tout à coup il s'entendit appeler par une voix lointaine et il aperçut devant lui une sorte de vapeur qui, pour aérienne et translucide qu'elle fût, empêchait son cheval de passer.

– Comment ! disait-elle, ne me reconnaissez vous plus ? Bien vrai est le proverbe du sage : qui laisse la cour, la cour l'oublie !

– Ha, Merlin, est-ce vous ? s'écria messire Gauvain. Je vous supplie de m'apparaître, et que je vous puisse voir.

– Las ! Gauvain, reprit la voix, vous ne me verrez plus jamais ; et après vous je ne parlerai plus qu'à ma mie. Le monde n'a pas de tour si forte que la prison d'air où elle m'a enserré.

– Quoi ! beau doux ami, êtes-vous si bien retenu que vous ne puissiez vous montrer à moi ? Vous, le plus sage des hommes !

– Non pas, mais le plus fol, repartit Merlin, car je savais bien ce qui n'adviendrait. Un jour que j'errais avec ma mie par la forêt, je m'endormis au pied d'un buisson d'épines, la tête dans son giron ; lors elle se leva bellement et fit un cercle de son voile autour du buisson ; et quand je m'éveillai, je me trouvai sur un lit magnifique, dans la plus belle et la plus close chambre qui ait jamais été. « Ha, dame, lui dis-je, vous m'avez trompé ! Maintenant que deviendrai-je si vous ne restez céans avec moi ? – Beau doux ami, j'y serai souvent et vous me tiendrez dans vos bras, car vous m'aurez désormais prête à votre plaisir. » Et il n'est guère de jour ni de nuit que je n'aie sa compagnie, en effet. Et je suis plus fol que jamais, car je l'aime plus que ma liberté.

– Beau sire, j'en ai grand chagrin, et le roi mon oncle, qu'en pensera-t-il quand il le saura, lui qui vous fait chercher par toutes terres et pays ?

– Il le lui faudra souffrir, car il ne me verra jamais plus, ni moi lui, et nul après vous ne me parlera. Or retournez-vous-en. Saluez pour moi le roi et madame la reine et tous les barons, et contez-leur mon aventure. Vous les trouverez à Carduel en Galles. Et ne vous désespérez pas de ce qui vous est advenu. Vous retrouverez la demoiselle qui vous a enchanté ; cette fois n'oubliez pas de la saluer, car ce serait folie. Allez à Dieu, et que Notre

Sire garde le roi Artus et le royaume de Logres, et vous, et tous les barons, comme la meilleure gent qui oncques fut !

Telles furent les dernières paroles de l'enchanteur. Et le nain Gauvain se remit en route vers Carduel, heureux ensemble et dolent, heureux de ce que Merlin lui prédisait la fin de son aventure, dolent de ce que son ami fût ainsi perdu à toujours.

LV

Quand il traversa la forêt où il avait croisé la demoiselle qui lui avait jeté ce mauvais sort, il craignit si fort de la rencontrer et de ne pas la saluer, qu'il ôta son heaume pour mieux voir. Il aperçut ainsi à travers les buissons deux chevaliers à pied qui avaient attaché les rênes de leurs chevaux à leurs lances fichées en terre ; ils tenaient sur le sol par les jambes et les mains une demoiselle qui se tordait pour leur échapper, et faisaient semblant de la vouloir forcer. Aussitôt, il avança, lance sur feutre, et leur cria :

– Vous méritez la mort, de faire ainsi violence à une demoiselle sur la terre du roi Artus ! Ne savez-vous qu'elles y sont assurées contre tous ?

– Ha ! Gauvain, s'écria la pucelle, maintenant je verrai s'il y a assez de prouesse en vous pour que vous me déliveriez de cette honte !

À ces mots, les chevaliers lacèrent leurs heaumes.

– Par Dieu, fol nain contrefait vous êtes mort !

– Si ridicule chose que je sois, montez, car il me semblerait vil d'attaquer à cheval des hommes à pieds.

– Vous fiez-vous donc tant à votre force ?

– Je me fie tant en Dieu, que je m'assure que vous n'outragerez plus jamais ni dame ni demoiselle en la terre du roi Artus.

Et, ce disant, il se jette sur eux et les combat si adroitement que bientôt l'un d'eux gît à terre ; déjà il courait sus à l'autre, lorsque la demoiselle lui cria :

– Messire Gauvain, n'en faites pas plus !

– Pour l'amour de vous, je m'arrêterai donc, répondit-il, et que Dieu vous donne bonne aventure, à vous et à toutes les demoiselles du monde ! Mais, si n'était votre prière, je les tuerais, car ils vous ont fait trop de honte et à moi trop de vilenie en n'appelant nain contrefait.

À ces mots, la demoiselle et les deux chevaliers se mirent à rire, et elle lui dit :

– Qui vous guérirait, que lui donneriez vous ?

– Ha ! si c'était possible, moi-même premièrement et ensuite tout ce que je peux avoir au monde.

– Je ne vous en demande pas tant, mais seulement que vous fassiez serment de toujours aider et secourir les dames, et de les saluer quand vous les rencontrerez.

– Je le jure sur ma foi, de bon cœur.

– Eh bien, je prends votre serment ; mais sachez que si vous y manquez jamais vous reviendrez en l'état où vous êtes présentement.

Et comme elle disait ces mots, messire Gauvain sentit ses membres s'allonger, les courroies dont il avait lié son haubert et ses chausses rompirent, et il reprit sa forme première. Aussitôt, il descendit de son destrier et s'agenouilla devant la demoiselle en lui disant qu'il serait son chevalier désormais. Dont elle le remercia en le relevant par la main. Après quoi tous se séparèrent en se recommandant à Dieu.

LVI

Messire Gauvain arriva à Carduel en même temps que les chevaliers qui étaient partis en sa compagnie pour quêter Merlin, et qui revenaient comme lui après un an et un jour. Le roi les reçut à grande joie, et tous dirent leurs aventures dont les barons s'émerveillèrent beaucoup. Quand vint le tour de monseigneur Gauvain, le roi fut très dolent d'apprendre l'enserrement de Merlin, mais joyeux de savoir comment son neveu avait échappé à l'enchantement de la demoiselle. Et il ordonna que les clercs couchassent tous ces récits par écrit. Grâce à quoi nous les connaissons aujourd'hui.

Cependant, en la Petite Bretagne, la fille d'Agravadain avait accouché d'un fils qui fut appelé Hector des Mares, et elle refusa de se marier pour se consacrer à lui. Peu après la reine Hélène, femme du roi Ban de Benoïc, avait eu un enfant, la plus belle créature du monde, lequel fut baptisé Galaad, mais qui eut nom Lancelot toute sa vie. Puis la femme du roi Bohor avait mis au monde un valet si bel et si gent que c'était merveille : et, sitôt qu'il fut né, l'on vit qu'il portait sur la poitrine l'image d'un lion couronné de couleur de sang, à cause de quoi il fut appelé Lionel. Et sa mère ne tarda guère à lui donner un frère qu'on nomma Bohor comme son père et qui fut plus tard de haute prouesse. Et tous trois furent compagnons de la Table ronde et allèrent à la quête du Saint Graal, et ils se firent une grande renommée au royaume de Logres et sur toute la terre par leur chevalerie.

Mais ici finit l'histoire de Merlin et ensuite commence celle de Lancelot. Que Dieu nous mène tous à bonne fin ! Amen.